UN VIAGGIO A ROMA SENZA VEDERE IL PAPA

GIOVANNI FALDELLA

INTROIBO - PARTENZA – MILANO

Il titolo è un po' lungo e coniato all'antica. Infatti i nostri vecchi, se avevano da intitolare qualche frittella, piantavano sul frontespizio un rombo o per lo meno un triangolo di parole, che spiegavano tutto il contenuto del libro.

Ad esempio: Della necessità del Padre Eterno con disquisizioni sugli Angeli, sui santi e su tutta la Coorte del paradiso, libri nove di Abelardo Nespola, con postille ed un indice copioso.

Altro esempio: Le prose di Leprone Mignatta, dove si passano in rassegna tutte le sorta di reti, paste, trappole ed istrumenti da pigliar pesci, e si insegnano nuovi modi di star sotto l'acqua, divise in sette capitoli, purgate e di nuovo con somma diligenza, ecc.

Invece i moderni sarebbero andati per le spiccie, ed avrebbero stampato puramente e semplicemente sul frontespizio ABELARDO NESPOLA - Il Padre Eterno; - e Sott'acqua, per LEPRONE MIGNATTA.

Imperocché gli scrittori moderni recidono, raschiano, mangiano quasi tutti gli aggettivi e le preposizioni sul frontespizio delle loro opere.

Così il bravo scrittore della Vita Militare stampò: DE AMICIS - Spagna, - DE AMICIS - Olanda, quasiché i suoi libri fossero pezzi di orbe terracqueo con Sierra Nevada e dighe.

Edmondo poteva lasciare benissimo, che facessero questo i signori bottegai, i quali mettono sulle forme di cacio olandese e di parmigiano certi bottelli che dicono: Olanda e Parma.

Andando di questo passo, a forza di recidere e di limare i titoli dei libri, questi titoli diventeranno mono-sillabi, tic, tac, prin, pronn, mosse di ago telegrafico, fucilate...

Ma del titolo ho detto abbastanza; e conchiudo, che io porto il codino e sto con gli antichi.

Sono venuto per la prima volta a Roma, passati quasi quattro anni precisi, da poiché vi si fece vedere Vittorio Emanuele al tempo della piena del Tevere, quando il Re Barbigione indovinò con il cuore il sublime indovinello di farvi la sua prima entrata in modo degno di un Plutarco cristiano, come disse allora il mio prevosto.

Veramente, da buon cittadino, io non avrei dovuto indugiare tanto a seguire l'esempio del mio Re nel portare la cartolina di visita alla nuova capitale del regno.

Ma le cure del sindacato e di Giacomina, mia moglie, la consuetudine di vivere ai piedi delle Alpi, fra le punzecchiature della nebbia, sotto un cielo di acciaio con la patina, l'attraenza del buco, che ho fatto nel mio nido, me ne distolsero sempre.

Eppoi la veduta delle nostre montagne uncinate ci tira in su; onde io era salito parecchie volte sulle Alpi, e di lì ero disceso in Isvizzera, in Savoia e in Tedescheria: ma a calare giù nel molle e nel dolce della nostra Italia, non sapevo risolvermi.

Finalmente quest'autunno... (tra parentesi, chi sa perché negli almanacchi tutto il novembre, e più di quattro sesti del dicembre si chiamano autunno in barba alla brina e al ghiaccio?) Claudite!

Finalmente quest'autunno venne il bisogno per il villaggio da me amministrato di sollecitare dal ministero l'approvazione di un regolamento per i macelli pubblici - pratica che da due anni viaggiava dagli scaffali del sottoprefetto a quelli di un caposezione, e dormiva per istrada nell'andata e nel ritorno.

Allora per la salute della mia patria più piccola comperai un viglietto circolare (Viaggio, n° V) a mie spese, e non a quelle del comune. (Lo sappia la Sciarpa Rossa, che è il giornale di opposizione del mio mandamento); e, rotta la cavezza di mia moglie e del mio buco, partii per Roma.

Era uno degli ultimi giorni di novembre...

Dai finestrini del carrozzone vedeva i rami degli alberi brulli come fili di ferro; vedeva i passeri scappare dagli alberi come foglie secche; vedeva i solchi dei campi, cascanti, rassegnati, logori, come solchi, che abbiano fatto il loro tempo: la terra quasi tutta color tabacco, con qualche po' di grigio e giallo marcio nei rimasugli delle stoppie, e con qualche scampolo di foglia o d'erba verde. Era un verde d'insalata, un verde della misericordia, un verde raggrinzito; inumidito, dimenticato - mortificato di trovarsi lì in quella stagione.

La terra taceva e stava raccolta come dopo una sconfitta. Eppure quando la terra è ravvolta nel silenzio e nell'umiltà dell'inverno, essa, la modesta e brava donna, ci prepara le galanterie della vegetazione avvenire.

Oh! io preferisco il modotenendi della signora terra, che parla poco ed opera assai, a quello dei collaboratori della Sciarpa Rossa, il poco lodato giornale di opposizione del mio mandamento, i quali si fanno sentire tutto il giorno a chiacchierare e a scribacchiare, e poi non sanno far altro di più importante, che guardare inutilmente l'albergatrice della Bella Venezia.

Io non so passare davanti Milano senza fermarmici.

Mi tira la faccia meneghina di quella città: mi piace sentire quel linguaggio aperto, spaccato, rovesciato, simile a un arco, a un popone maturo, pieno di accenti gravi e circonflessi.

Feci pertanto una tappa a Milano; dove gli affreschi delle nuove palazzine hanno finzioni traditrici di ombre e di prospettive, da ogni liquorista si può trovare un poeta, o un romanziere o un artista che anderà ai posteri, e dove però le insegne e le iscrizioni pubbliche hanno una libertà di eleganza tutta loro propria; verbigrazia: Sostraio di pietre. - È proibito il passaggio a cavalli, muli, e ruotanti di ogni specie; - e dove sulle portiere degli avvocati è scritto ingenuamente: Avanti!

Mentre guardavo ammirato i nuovi portici che girano intorno alla Galleria Vittorio Emanuele, ed i nuovi negozii, in cui le lastre di cristallo sfolgorano e riescono una sfida e una sgomento alle borse, il segretario comunale di Monticello, che volle accompagnarmi nel viaggio, guardava il Duomo.

E sentite che bestemmia di idea gli fermentò nella mente, ideaccia, che egli non ebbe paura di palesarmi:

- Guardi, signor sindaco! Dopo i palazzi, i portici, e i negozi nuovi, oh guardi il Duomo! Come diventa mai vecchio e imbecille! Una volta pareva una pineta di marmo, in cui i pini avessero un po' di vita e si movessero. Invece adesso il Duomo se ne sta lì rimminchionito, tutto in un mucchio, in un gruppo, carico di gromma e di ruggine. Pare un istrice raggomitolato, pieno di sospetti e di invidia per la Galleria Nuova, e per la sua cupola giovane di vetro, che di sera illumina persino il cielo, mentre esso, il vecchio, si accorge di spegnersi. Voglia sentire, signor sindaco, una mia profezia. Nella stessa maniera che adesso hanno atterrato e seguitano a buttar giù delle case, ed allargano la piazza per fare piacere al Duomo, scommetto che i posteri fini-ranno con buttare giù il Duomo per rendere più larga e più pulita la piazza! -

Io tappai con la mano la bocca al segretario, e minacciai di sospenderlo, se avesse seguitato a bestemmia-re.

Sulla piazza del Duomo si diroccava un vecchio casamento. Certe camere mostravano bruscamente il loro spaccato. Oh! come mi faceva pena vedere la tappezzeria o il camino di una stanzuccia, destinati al raccogli-mento, alle conversazioni, al pranzo e ai misteri di una famiglia, vederli, dico, esposti al pubblico della gente, del sole e delle intemperie. E nel punto di spazio occupato da quel piano superiore, che si incammina a scomparire, forse non pranzerà e non chiacchiererà più nessuno!

Da Milano andammo difilati a Venezia.

Giungemmo allo scalo di Venezia alle ore 10 e 15 minuti di sera.

Il mio compagno di viaggio cercava un omnibus a due cavalli per andare all'albergo; e masticò un tantino, quando seppe che doveva andare in barca.

Nel mettere il piede sulla gondola egli dalla confusione fu lì lì per sdrucciolare nell'acqua. Siccome le gondole sono coperte di drappo nero, ed hanno fiocchi e frangie di seta nera, nell'entrare dentro la gondola ci parve di entrare in un catafalco, e poi di trovarci in una berretta da prete.

Prendemmo posto nella gondola, la quale si mosse. Era un andare misto di velluto e di giulebbe. Esso ristorava le fibre scosse dal tremito del convoglio.

- Che silenzio! - esclamò il mio segretario comunale.

E potè esclamare così a ragione, egli che è uso ad abitare nel nostro villaggio in Via del Mulino americano, dove i vetri delle sue finestre ballano continuamente al passare dei carri.

- Che silenzio! - seguitava ad esclamare il mio segretario comunale.

I palazzi sorgevano dalle acque nel silenzio e nella notte come ombre di nuovo genere, come ombre solidificate.

Non ci pareva vero che le gradinate delle chiese potessero dare nell'acqua, e che si potesse andare a messa in barca...

- Non si vede niun passeggiero - osservò il mio segretario.

- Sfido io! - risposi. - Sfido i Veneziani a passeggiare sull'acqua, se non posseggono il mantello miracolo-so che San Giuliano distendeva sul lago d'Orta per girellarvi sopra.

- È vero - ripigliò il segretario.

E poi, tacendo, si ripiegava, dava indietro nel cantuccio della gondola, come moccolo che volesse spegnersi. Quindi si riaccendeva:

- Signor sindaco?

- Che cosa?

- Ho paura. Nella stessa maniera che vi sono dei topi d'acqua, non potrebbero esserci dei ladri d'acqua che venissero ad assaltarci? Eh? E noi non abbiamo nemmanco un pesce-carabiniere per difenderci!

-

Io mi misi a ridere.

Le voci dei gondolieri, che si incontravano, le tuffate dei remi rompevano il silenzio, e vi guizzavano dentro. Alcune finestre, rivelatrici di lumi, ci dicevano che quei palazzi erano veri palazzi, e non ombre pietrificate; e che dentro quelle camere c'erano dei babbi e delle mamme e delle giovani veneziane.

A forza di dimorare nel silenzio ci pareva di sentire dei bisbigli. Erano bisbigli, e illusioni di bisbigli. E mi perdoni la moglie Giacomina! Ma quel mistero, quel silenzio, e poi quei bisbigli autentici o no mi hanno fatto proprio pensare alle belle e giovani Veneziane.

Dopo mezz'ora di gondola, approdammo all'albergo della Luna, dove fu alloggiato Silvio Pellico, prima che egli andasse alle sue Prigioni.

Fatto un boccone di cena, uscimmo dall'albergo a passi circospetti per timore di scivolare nell'acqua alla sprovveduta.

Passammo sotto un atrio.

Il mio segretario si levò il cappello, come entrasse in una sala di conversazione. Eravamo entrati nella piazza di San Marco.

Che bella conchiglia quella piazza! La traversammo e poi ci mettemmo a camminare sotto i portici che la dintornano. Allora noi uominacci credemmo di essere tortore, mormoranti sotto i merletti di una signora.

Entrammo in un caffè, dove trovammo dei salotti piccini e vellutati, che ci sembrarono interni di gondole.

Ritornammo alla Luna per andare a letto: ma prima che mi addormentassi, il segretario comunale volle ancora regalarmi la seguente osservazione: - A Venezia ci sarà un solo cavallo, come rarità, nel Museo Vivente; e scommetto che lo manterranno a pesci -.

Io smorzai il lume, e gli augurai buona notte.

Il mattino seguente ritornammo subito sulla piazza di San Marco; e vedemmo la manovra dei piccioni storici.

Se qualcheduno si appresta a gettar loro del becchime da mangiare, essi volano dalle tegole e dai piombi, a frotte affamate, verso chi fa loro carità. Allargano un cerchio di piazza intorno a lui, muovono le ali, la coda, tuffano il becco; con le loro movenze fanno degli effetti di onde, di applausi e di pioggia... Poi si uniscono in una catena, in un drago, in un solo mostro volante verso il loro benefattore: lo cinghiano per aria, salgono sui suoi calzoni, sulla sua giubba, sulle sue spalle, sulla sua testa...

È uno spettacolo di una ridda famelica, che secondo il mio segretario comunale, non può avere altri riscontri fuorché in una certa venuta di flebotomi nel villaggio da me amministrato.

Essendo rimasto vacante il posto di flebotomo nel nostro paese, con duecento lire di stipendio per i poveri, senza alloggio e senza legna, - io ed il segretario abbiamo fatto pubblicare una sola volta l'annunzio di concorso sull'Omnibus della Gazzetta del Popolo. Ebbene! Bastò quel misero annunzio in carattere piccolo, perché si presentassero sulla soglia del mio gabinetto da sindaco sessantaquattro flebotomi, e tutti sitibondi di sangue, come i piccioni di San Marco sono affamati di panìco. Se ricettavamo tutti i sessantaquattro flebotomi nel nostro villaggio, non rimaneva più nemmeno una goccia di siero nelle vene dei miei amministrati!

Dopo i piccioni adocchiammo la chiesa di San Marco - a nuvole orientali, a mezzelune moresche -; poi i palazzi che portano in testa un cornicione largo e dignitoso come un diadema; quindi mettemmo il naso contro le vetrine degli orefici, nelle quali si ammirano le dorerie maritate galantemente allo smalto e alla venturina.

Montammo sul campanile di San Marco, non per le gradinate di una scala a chiocciola, come capita negli altri campanili, ma per una salita dolce e larga al pari di una strada maestra, tanto che potrebbero pigliarla anche i cavalli e i ruotanti di ogni specie.

Dall'alto del campanile vidi le montagne che mi ricordarono il mio comune, vidi la marina tremolante, color di stagno, in lotta con i raggi del sole; e poi le chiese, i palazzi, i quartieri di Venezia, che covano nella laguna, come anitre nelle alghe.

Ridisceso in piazza, comperai delle cravatte di vetro filato, da regalare alle cugine, e mi fermai eziandio davanti un negozio di Selenografia, cioè di prospetti e di disegni veneziani colti al chiarore della luna.

- Nella nostra Italia montuosa e prosaica - osservai al mio segretario - si vendono le rape, i cavoli e le castagne; qui nell'Italia artistica si vende anche la luna -.

I titoli delle vie e dei viottoli sono scritti in dialetto veneziano; come già si compilavano in dialetto i processi verbali del Senato della Repubblica Serenissima:

Calle del Doge - Salizzada Sant'Antonin, e poi certi nomi gentili come macelli: nomi che fanno venire il sangue in saccoccia: Campo della Morte - Calle degli Strozzadi, e giù di lì.
Alla mia partenza da Venezia, le finestre dei palazzi, i parapetti dei ponti, le ombre dei traghetti, mi mandarono nuovi bisbigli di genere femminile: onde io, mi perdoni un'altra volta mia moglie! io mi dilungai in gondola dalla città acquatica, pensando a una Veneziana ritta come una antenna e fulgida come un pesce dorato di una vasca signorile.

Delle diciannove ore di vapore, che mi asciugai da Venezia a Roma, ho pochissime cose da notare: l'effetto notturno della neve bolognese che nuotava nel buio di fuori, vista dal chiarore giallo del vagone; - il profumo di una signora, così acuto, che io, inzuppatene la mia pezzuola, sperai di farlo sentire a mia moglie, dopo un mese, nel ritorno; - l'ingombro dei nostri onorevoli deputati, i quali viaggiando gratis fecero restringere e dinoccolare me, che viaggiavo a mie spese, per servire il paese più di loro: tutte cose che farebbero la loro discreta figura; se fossero descritte da uno scrittore del mestiere, ed invece non valgono un cece, quando sono raccontate da un sindaco di campagna, come è il vostro devoto servitore.

IV

LA BELLEZZA ROMANA E IL CIELO DI ROMA

Alle donne di Roma mando un saluto con maggiore rincrescimento di quello che abbia sentito nel dire addio alla campagna romana o alle cuspidi dei bufali.

Domando scusa per la terza ed ultima volta alla moglie, se insisto troppo sulle donne d'altri; e mi difendo dietro un paravento, cioè dietro un proverbio poetico, che dice: La moglie, il bel non toglie. E le donne a Roma sono veramente belle.

Io le distinguo in tre classi: 1ª. Romanone; 2ª. Romane; 3ª. Romanine.

Le Romanone sono barricate, che stoppano un viottolo e fanno scuro in una sala.

Le Romane sono anch'esse troni e dominazioni, messe dentro al figurino di Parigi.

Le Romanine sono donnette svelte, con occhi da Beatrice Cenci, con andature da serpente del paradiso terrestre. Hanno le spalle che colano dolcissime sotto uno scialle rigatino; vanno in capelli, cioè non portano niente sulla loro testa, bionda o castana, e più spesso nera o rossa. Queste Romanine abbondano in Trastevere, dove si vedono a circoli e a righe nei corridoi e nelle camere terrene, mentre dipanano matasse e fanno frullare arcolai; sono montigiane, abitatrici dei famosi monti di Roma, i quali in Piemonte non si chiamerebbero nemmeno colline; sono granarole, cernitrici di grano, le quali di buon mattino traversano il ponte sotto castel Sant'Angelo, avviate ai magazzini; sono modiste, crestaine, le quali si trovano in ogni parte di Roma, ecc., ecc.

Il maggior pregio della forma muliebre a Roma è la purezza delle linea e della curva. Difficilmente si notano nelle donne romane quei menti piatti da Arlecchino di legno, e quelle stecche di busto, sprazzate dai fianchi che paiono saltare negli occhi di chi le guarda.

Forse quella purezza di curve sarà a danno del sentimento, ciò che non posso asseverare, non avendolo saggiato né in peso né in misura. Gli è però certo in teoria, che il sentimento è una fermata agli angoli bruschi. E di angoli bruschi le donne a Roma non ne hanno proprio niente.

Oltre le Romane, le Romanine e le Romanone vengono di fuori a passeggiare per Roma le Ciociare, vestite in costumi teatrali, alcune delle quali sono balie, altre venditrici di verdura, e le migliori sono apocrife - modelle di pittori.

Anche la romanità mascolina è bella. Vi sono nella Guardia nazionale a cavallo delle barbe, che fanno impallidire, considerate come capi d'arte: si veggono nei caffè e davanti gli spacci di vermutte torinese al Corso certi persononi, certi torrioni di giovanotti spettacolosi, in cui non saprei, se dovrebbesi lodare di più l'abito o il monaco, imperocché l'abito inappuntabile aiuta sicuramente il monaco, e d'altra parte la formosità del monaco fa lumeggiare viemmeglio l'abito e lo splendido cappello a cilindro.

Vi sono fra gli scolaretti e i lustrini dei fanciulli apollinei.

I campagnuoli, i quali danno latinamente del tu, portano dei cappotti foderati di verde, che domandano alla vacchereccia. Ebbene, camminando con quei cappotti, essi fanno fra le gambe e sulle ginocchia delle pieghe e dei panneggiamenti addirittura romulei - statuari - da toga, da clamide antica.

Insomma la forma dei Romani e delle Romane è ottima; ed a ragione io l'ho sentita invocare trionfalmente da un mio amico in uno dei tanti meetings di Roma o morte, che si facevano prima del settanta.

- Come! signori ministri!! - strillava il mio amico con gesti brofferiani - Come! Ricusate condurci a Roma sotto il pretesto che vi sia la malaria! Menzogna! Menzogna! Le popolazioni, con la loro forma e con la loro salute, rispondono del loro clima e del loro ambiente. Ora la bellezza e la prosperità delle donne romane sono fra le nostre glorie italiane più pure e meno disputate. È un proverbio italiano: la bellezza e la prosperità delle donne romane. E questa bellezza, questa prosperità si torcono in una poderosa smentita, riescono una fiera protesta contro la vostra politica e contro la vostra malaria, o signori ministri! - (Applausi frenetici ed approvazione per acclamazione di un ordine del giorno, che ingiungeva ai signori ministri di condurci subito a Roma, senza mezzi morali e senza patti con i Francesi - ed analogo telegramma al generale Garibaldi -).

Come mai potrebbe riuscire brutta, l'umanità sotto il cielo di Roma?
È un cielo alto, largo, di un azzurro carico, massiccio, trionfale; è un cielo eloquente, a periodi di Cicerone.
A qualcheduno dei miei amministrati sembrerà che il cielo, questa massa di atmosfera, che fa la funzione e la finzione di volta, dovrebbe, come lo Statuto del regno, essere uguale per tutti.
Eppure non è così.
Il cielo per i miei amministrati di Monticello è duro, cosicché pare a loro, che se potessero salire in su, sopra un globo aerostatico, a darvi una capata, si fracasserebbero le tempie, e si farebbero una ferita di chirurgia straordinaria, non compresa nell'abbonamento del medico condotto.
Invece il cielo di Roma è morbido; esso invita, tira e riceve. E non dispiacerebbe a chi guarda quel cielo gli toccasse la sorte di un profeta della Bibbia; essere colto da una carrozzella aerea, ed essere menato a svolazzare frammezzo a quel blu.

Il cielo di Roma, che piacque tanto a me, non dovrebbe dispiacere nemmanco a un politicone, a un deputato, che viva di interrogazioni al ministero, di ordini del giorno e di inchieste. Esso dovrebbe tirar fuori qualche scintilla anche al mio droghiere di Monticello, il quale non conosce altre figure artistiche fuorché i fregi litografici dei bottelli impiastrati alle sue scatole, e non conosce altra letteratura all'infuori dell'elenco delle droghe vive, e degli articoli della Sciarpa Rossa; a cui è associato.
Di libri nuovi egli, il droghiere, non vuol sapere; perché secondo lui si è già scritto tutto, e, aggiunge, fin troppo. E tratta i letterati quasi come scrocconi ciarlatani. E chi sa quanti in Italia pensano come il mio droghiere!
Ma io no! Io, sebbene sindaco di un villaggio, sono un po' dilettante di arte e di letteratura, in cui cerco di infarinarmi un tantino, come spero ve ne siate già accorti; compero dei libri nuovi, e faccio tutto quello che posso per capirli.
È per ciò che mi sono intenerito del cielo di Roma, ed avrei voluto mangiarlo, salvandone però una fetta da portare ad assaggiare a mia moglie.
Quel cielo intenerì anche Pier Carlo Boggio, e lo mise in vena di scrivere delle pagine liriche nelle Note del suo viaggio a Roma, che egli fece nel 1865, pigliando da Nunziatella a Termini la diligenza Marignoli.
Povero Boggio! Povero nostro deputato! Chi sa quali passi avrebbe fatto a quest'ora nella vita politica se non fosse andato in bocca ai pesci!

Il cielo di Roma è dolce come un tepidario; profila magnificamente ciò che gli batte incontro: le ondulazioni delle colline, la riga della marina lontana e il cupolone di San Pietro.
Ah! Il cupolone di San Pietro, l'abbocco a momenti.

V

SAN PIETRO, MUSEI E GALLERIE

Come potrebbe riuscire brutta l'umanità a Roma, con i capolavori d'arte, che possiede in copia e tesoro stragrande!

Per vedere la prima maraviglia di Roma, mi sono incamminato verso il Vaticano. Sono sboccato nella piazza di San Pietro, Duca, anzi Principe degli Apostoli.

Mi sono sentito circondato da due branche di colonnati; perché San Pietro discende a pigliare la piazza con due ranfie di colonne. Pare un granchio enorme.

A prima giunta, lo dicono tutti che San Pietro non pare una grande cosa.

Anzi, il mio segretario comunale, che fu seminarista a Vercelli, sostiene ancora adesso che gli aveva fatto più colpo il duomo di Vercelli, il quale è veramente una imitazione di San Pietro.

Per entrare in San Pietro, bisogna alzare un telone così pesante che, a manovrare con esso, sarebbero appropriate le corna dei bufali.

Penetrati dentro, ci trovammo non in una chiesa, ma in una esposizione universale di chiese; perché le cappelle che si aprono da una parte e dall'altra della navata maestra sono esse stesse cattedrali.

In una di queste cappelle si cantava e si rappresentava una funzione religiosa. Non ho mai vista una mimica sacra così fatta. Un sacerdote si levava dal suo scanno: andava a toccare, ad abbracciare un altro sacerdote, e questi, alla sua volta, un altro, e così di seguito.

I cantanti dell'orchestra avevano il rocchetto ecclesiastico e i baffi e la cera da buontemponi borghesi. Il mio segretario aveva visti da un pezzo quei tipi nei frati dell'opera la Favorita.

Le statue in San Pietro hanno tutte spallaccie da San Cristoforo, e piedi proverbiali da apostolo o da gran sultano, come dicono al mio paese.

A certe nudità statuarie i moderni hanno messo una camicia di pudore forzato, fabbricata con lamiera imbiancata in modo che simula il marmo. Per accorgersi della sovrapposizione, bisogna tentennare e far suonare con la nocca quella copertina.

A me San Pietro ispirò poca devozione; e al mio segretario comunale ne ispirò di meno; imperocché, in un momento di distrazione, egli trasse fuori dal taschino del pastrano l'astuccio dei sigari, e, senza un mio pizzicotto, ne avrebbe abboccato uno senz'altro.

Altre chiese sono più profane di San Pietro, per esempio, San Paolo fuori delle mura.

È una vera sala da ballo, con due ale fatte apposta per il mormorio di una queue e con un pavimento lucido degno di riflettere gli inchini delle quadriglie e i circoli di un valts.

Il cupolone di San Pietro visto da vicino non fa effetto.

A guardarlo in piazza sembra accasciato dietro il frontone della Chiesa. Ma dilungatevi; la cupola cresce. Dilungatevi ancora; la cupola si innalza vieppiù, vi insegue... Fantasma classico.

Vista dalla campagna, la cupola è una immensa mitria da vescovo antidiluviano, posta sul capo di questo mastodonte che è San Pietro.

Sembra una minchioneria da nulla tirare una bella linea sull'orizzonte. Vi credete da tanto voi altri; e quasi vorreste subito farne la prova con il vostro indice.

Eppure una linea, una curva sono il segreto del genio e della bellezza di Michelangelo, di Cleopatra e di Orsolina, la nipote del mio prevosto.

A proposito di nipoti, dicono che se il nipote Tevere allagasse Roma dalla sommità di monte Pincio al cucuzzolo di monte Mario, come faceva un volta il Tevere padre Ozio, resterebbe scoperto il lanternino della cupola di San Pietro.

Prima di visitare un alloggio si dovrebbe vedere il padrone di casa. Invece io ho visto le cappelle, le loggie, i musei e le gallerie del Vaticano, senza vedere il Prigioniero del Vaticano.

E le ragioni per cui ho fatto questo sono semplicissime. Anzitutto mi spiace disturbare la gente senza necessità; e poi i miei amministrati non sono tali, a cui possa portare un pugnello di paglia facendo loro credere essere un campione di quella su cui dorme il Prigioniero.

Da ultimo, se io avessi veduto il Papa, quale diritto avrei avuto ad intitolare le mie note; Un viaggio a Roma senza vedere il Papa. Quest'argomento finale mi sembrò proprio perentorio, come mi sembra che dicano gli avvocati; ossia uno di quegli argomenti che ammazzano il bue senza lasciarlo più rifiatare.

Una volta io detestava i musei e le gallerie, perché mi facevano venire una spranghetta nella testa, al pari delle fiere, degli organini e delle alzate di gomito.

Ebbene il Vaticano mi ha convertito ai musei e alle gallerie.

I suoi quadri sono pochi e buoni più che i versi del Torti; e perché sono pochi non vi frastornano, e perché sono buoni vi tengono un pezzo davanti a loro, e vi mandano via con un'estasi riposata.

Nel solo cortile del Belvedere si trovano dentro le celle di un castelletto sei meraviglie della scultura mondiale, che valgono le sette barbe dei sette savi della Grecia; il Laocoonte, l'Antinoo, l'Apollo, statue anti-che, e poi il Perseo e due gladiatori del Canova.

Il popolo delle altre statue antiche, disseminate per i corridoi e le sale, esalta anch'esso: quelle statue fanno vedere chi fossero veramente quegli antenati più che non lo facciano vedere le storie e le commedie togate.

A mirare quel marmo giallo come cera per il vecchiume, quelle troscie di nero, che rigano i fianchi delle statue gialle, come per una malattia cronica, a guardare quelle teste snasate, quei mozziconi di braccia e di gambe, si ricostruisce un mondo morto...

La fantasia soffia della vita, del rosso, del sangue su quel giallo, su quel nero, completa quei nasi, quelle braccia, li agita, li fermenta; fa venire innanzi delle donne, degli uomini, che avevano passioni, diritti e doveri diversi dai nostri.

Oh che ghigno falso hanno quei Cesari?

Che colli grossi, grassi e torosi! Come stanno da padroni e da machioni, avviluppati nella loro toga rossa di porfido, o nel loro paludamento rigato di marmo cipollino!

Che mostaccioni da fontana hanno quegli eroi, quei semidei! Quali teste pecorine! Come erano gagliardi e salaci quegli Dei intieri! Paiono torelli.

Che mazze, da voltare asini, portava Ercole!

E i muscoli e i gamboni dipinti di Michelangelo?

Quali pieghe! Le sue pieghe hanno l'andazzo di un'orifiamma, che corra sventolando in un regno so-prannaturale, nell'Inferno, nel Purgatorio e nel Paradiso.

Come è venusto, aitante, intriso di antichità e di nudità il Canova!

A voler dare le prime impressioni c'è da ammattire - c'è da rabescare spranghe storte di bambino che balocchi con la penna, senza essere ancora andato a scuola.

Che musica e che amorini di dipinture e di nomi: Raffaello, Giulio Romano, il Domenichino, il Guercino, lo Spagnoletto, e Donatello, e Pierin del Vaga!

Io ripeterei tutto il giorno il nome di Pierin del Vaga; ma non lo tormenterò con nessun dramma, come ha fatto - mi fu detto - un certo signor Proto di Maddaloni.

Dopo il Vaticano, non potei frenarmi; ed irruppi a visitare i musei e le gallerie del Campidoglio, e le gallerie Borghese, Barberini, Pamphily-Doria, ecc.
Devo confessarvi che io, negli anni scorsi, dopo lunga dimora nel villaggio fra i bilanci municipali e i colloquii sui travi d'estate e nella farmacia d'inverno, io, sissignori, ho dubitato parecchie volte del Bello e dell'Arte; e certe volte, guardando un rosone di tappezzeria, una litografia di un almanacco da muro, o un figurino della moda, ho esclamato dal profondo di me stesso: Chi sa non risieda qui su questo pezzo di carta, su questo almanacco, su questo Tesoro delle famiglie, il Bello tanto quanto nelle gallerie famose e nei musei! Chi sa che Raffaello, Michelangelo, Leonardo da Vinci, Murillo, non siano finzioni dell'economia umana, come l'arcivescovo della diocesi, il quale ha una testa più debole del mio cappellano; eppure egli è arcivescovo, mentre il cappellano è cappellano!
Ebbene se a qualche mio collega di villaggio spunti nella mente questo dubbio fra le fatiche dei bilanci o all'accademia del trave o della farmacia, per levarselo venga a Roma, portandosi sotto il braccio il volume vecchio di un giornale di mode.
E confronti i figurini della moda con il San Sebastiano, di Guido Reni, e con la Sibilla, del Domenichino.
Oh si avvedrà della differenza! I figurini, che pure parevano belli e irreprensibili nel giorno in cui comparvero, dopo due anni diventano ridicoli; fanno degli angoli e delle smorfie buffe, di cui non si sospettavano neppure capaci; appariscono musi, pasticci, minchionerie inanimate di gesso e di sapone. Invece il San Sebastiano e la Sibilla sono tuttavia, dopo il trascorso di centinaia d'anni, e saranno sempre fino alla consumazione dei colori e della tela, culmini di bellezza mascolina e femminina.
Oh nell'arte non si può essere scettici! Bisogna credere al bello di ogni tempo e di ogni luogo, al bello assoluto e oggettivo, come diceva il mio professore di metafisica, il quale, poveretto lui! aveva la testa della forma di una tabacchiera e di una bruttezza assolutamente assoluta e oggettiva.

VI

CATALOGO DI UN MUSEO FANTASTICO CLASSICO,
CON INTRAMESSE MODERNE DA RIDERE

Adesso che mi trovo sotto il cielo di Monticello, il quale mi pare più basso del solito, e quasi mi leva il respiro - con le distese di neve nei campi forate dai fili di grano, con la nebbia che affiocchisce il bianco della neve, con il ghiaccio che scricchiola nel canale, con la brina che lavora della filigrana sui rami degli alberi, amo riscaldarmi nella mia fredda solitudine, non già pestando i piedi, ma evocando le fiamme dell'arte, che ho viste a Roma.

Io ho qui presenti e ardenti, come mi fiammeggiassero davvero, l'Incoronazione di Raffaello; la Trasfigurazione e la Madonna di Foligno; la Deposizione; la Madonna di Monte Luce; parecchie Mogli di Putifarre, che ruberebbero il cuore e il mantello a chicchessia; gli occhioni della Panattierina, eternati dal suo bell'amante maestro Raffaele; la Maddalena dolcissima di Guido Reni; quella dell'Albani, con un salice piangente di capelli insuperabili; l'altra squallente del Tintoretto; la Madonna tranquillina del mio Gaudenzio Ferrari, mio delle mie montagne; il San Sebastiano soprabello di Guido Reni; l'altro San Sebastiano sofferente e paziente del Caracci; i mazzolini d'Angioli dell'Albani; le figure maiuscole che grandeggiano nella Santa Petronilla del Guercino; la Santa Cecilia del Romanelli, vivida come un fiore campestre; le figure ben rosolate di Innocenzo da Imola; un terzo San Sebastiano, dolente e ben martirizzato del Perugino; le spaccature di colori che fa Lorenzo di Credi; il ritratto di Cesare Borgia, dipinto da Raffaello; che ha vellutato stupend-mente quella fisionomia da Don Rodrigo; gli occhioni della Fornarina ripetuti da Giulio Romano; il troppo Garofalo e il troppo Pomarancio sparso in certe gallerie; la Danae del Correggio, uno splendore bianco di bellezza; le figure soavi e aduste di Andrea del Sarto; le sbardellate del Vasari; le scarse dello Scarsellino; le argentine di Pierin del Vaga; le zuccherine del Parmigianino; le pitture che direbbonsi miniate di Sebastiano del Piombo; la Sibilla Cumana del Domenichino e la Sibilla Persica del Guercino, in cui i pennelli cristiani fecero degli sfoghi di beltà turchesca; le grazie bambinesche di Raffaellino da Reggio; le misture del cavaliere d'Arpino; la Lucrezia nuda nudella di Elisabetta Sirani; la Madonna, tutta una santa aureola, di Carlo Dolci; la Flagellazione alla colonna di Luca Giordano; le figure di San Gerolamo e di Nettuno, che si allungano come cirri celesti nei quadri del Domenichino; la Caccia di Diana, in cui lo stesso Domenichino ha fatto esaltare la mitologia; le righe grandiose di Michelangelo da Caravaggio; le boscaglie poetiche di Salvator Rosa; quella carezza di un chierichetto che è il San Stanislao con il Bambino del Ribera (Spagnoletto); le Tre Grazie del Tiziano; Venere e Adone di Luca Cambiaso Veronese; la luce grossa e fragorosa del Giorgione; il Sansone, abbozzo potente del Tiziano; il Ratto delle Sabine di Pietro da Cortona; e cento altri diamanti; e cento altri miracoli d'arte.

Oh che stupenda pinacoteca di fantasmi mi sono fabbricata nella mia valle, senza costo di spesa! E che stufa rovente!

Mentre le allodole dalla capperuccia filano con un volo intirizzito da un paracarro all'altro in cerca di un palmo di terra scoperto, in cui riescono a razzolare - io richiamo in mezzo agli atteggiamenti e alle movenze colorite svariatamente, che ho annoverate di sopra, anche le pose statuarie ed i colori uniformi dei marmi e dei bronzi.

Io rivedo i Principi dell'arte che regnano nel cortile del Belvedere... Ecco, insieme con essi viene il Mosè di Michelangelo. Dal suo sguardo, dalla sua barba discende un fiume, anzi un mar Rosso di maestà.

Nella chiesa di San Pietro in Vincoli, dove hanno allogato il Mosè in mezzo a fregi papeschi, vi sono sempre dei visitatori, che stanno a contemplarlo, a succiarlo, non per minuti, ma per mezz'oraccie intere. Imperocché vi assicuro io, che si prova una seria difficoltà a staccarsi da quel barbone di Mosè. I fregi papeschi imbrogliano un po' il capolavoro di Michelangelo, il quale non era certamente un piatto di maccheroni bisognevole di formaggio.

Ma a Roma la fregola nei papi di ficcare la loro memoria e il loro nome dappertutto, anche dove ci entravano come Pilato nel Credo, è stata veramente senza confini. Su tutti i muricciuoli, sulle fontane, sugli abbeveratoi, sui parapetti dei ponti, e quasi potrei dire anche sulle pietre non nominabili, sta la scritta: Pius numero tale o Benedictus numero tal altro fecit, excitavit, che so io...

Se non appiopparono eziandio un'iscrizione al sole, alla luna e al cielo di Roma, narrando al pubblico della posterità di averli edificati essi stessi, fu soltanto perché non trovarono la scala per mandare un muratore fin lassù.

Questa frega papalina mi ricorda quella di Stefano Gallinaccio, albergatore della Volpe al mio paese. Egli, avendo fatto dare una mano di bianco alla sua osteria, e volendo spedirne la memoria ai più tardi nipoti, si raccomandò al prevosto per un epitaffio, come lo chiamava egli. Ed il prevosto fu lesto ad ammannirgli la seguente iscrizione, che l'albergatore della Volpe fece scarabocchiare a lettere d'arco trionfale: Stephanus Gallinaceus - Vulpis Diversor - Albitudinem Hanc - A Fundamentis Erexit.

Lascio i papi e l'oste della Volpe, e ritorno di trotto al mio museo fantastico.

Richiamo e rivedo i marmi antichi con il loro giallo di cera, fra cui serpeggiano le falde nere della vecchiaia; i nasi, le braccia, le gambe mozze; le ghigne dei Cesari; i colossi fluviali; le teste pecorine, le barbe lucignolate; il cavallo di Marco Aurelio, che non scappò alle fiere invettive di Enotrio Romano; le porpore di porfido; le cioppe di marmo screziato, che si aggiusta alle pieghe; le processioni, le lotte umane e cinghialesche scolpite sui bassorilievi dei sarcofagi; le Minerve rigide; le donne romane semplici e virtuose, quelle dal fuso e dalla spola; le sculture di mezzo genere, che già facevano capolino a quei tempi, come il fanciullo che scherza con un'oca, fanciulli che si baciano; orecchie con buchi che sentono; chiome di marmo nero su volti bianchi; e poi, frammezzo alle statue antiche, simulacri stonati di papi moderni, quindi il famoso gladiatore che muore boccheggiando verso il suolo, senza spasimi, senza rincrescimento palese, quasi per mestiere...

È da notarsi la calma, l'economia, l'avarizia di forme nell'arte antica: pochi tocchi, poche pieghe, che si direbbero uniformi; eppure rendono diversi pensieri, diverse figure, diverse vite.

L'arte antica, secondo il mio bestiale parere (così si esprime la modestia dei sindaci montanari), consisteva in una maniera parca di risalti ottici: eppure dava il vero.

Invece adesso si vogliono riprodurre sui quadri e peggio sulle statue tutte le linee fotografiche; e spesso si dà il falso.

Sentite che cosa mi è capitato nel visitare alcune mostre recentissime di belle arti.

Dinanzi a certi quadri di pittori così detti dell'avvenire, i quali hanno paura di fare dei paesaggi da paracamino e da ventaglio, mi hanno detto: questo qui è un prato; ed io ho veduta un'insalata cappuccina. Mi hanno detto: questa è una vacca, con la debita reverenza; ed io l'avevo pigliata per un mucchio di terriccio da spolverarsi sul trifoglio. Mi hanno detto: questo è un cane; ed io l'aveva scambiato per un mazzo di sigari.

Io terminerei la lite fra l'ideale e il vero, fra la convenzione e la realtà nell'arte con la transazione di un paradosso, poiché i paradossi non sono ancora considerati come reati in niun codice del mondo.

Io direi che è sempre una convenzione artistica quella che dà la realtà artistica, ossia è sempre un congegno matematico geometrico di idee quello che produce l'effetto o il sublime del vero nell'arte. E mi spiegherò con un esempio grossolano, da par mio, da sindaco di campagna.

Un mio contadino alla caccia ha chiappato un nibbio, e come si usa da noi, l'ha appiccato in trofeo sopra un portone della cascina. Io ho fatto dipingere da un bravo pittore, il meglio della diocesi, un nibbio vivo sull'altro portone. Orbene, tutti i contadini, i quali hanno un paio d'occhi in testa, dicono che è più nibbio il nibbio dipinto che quello impiccato. Così la simulazione artistica vince il cadavere della realtà.

Vorrei che se lo attaccassero all'orecchio, i pittori dell'avvenire, e di qui imparassero che per dipingere una mosca non è necessario sfracellarne una contro la tela, non dimenticando che quando taluno si accorge di aver sbagliato, la miglior cosa che possa fare è quella di ritornare indietro, come sta scritto sul tempio dei protestanti a Torino. E io sono protestantissimo contro certi paesi dell'avvenire.

Il mio museo fantastico è completo.

I serpenti assaltano Laocoonte: Laocoonta petunt, stridono gli spasimi dei due bambini, muggono gli spasimi del padre, come nel secondo libro dell'Eneide.

I pugillatori del Canova aggiustano nell'aria dalle loro braccia giuste i loro pugni giustissimi. Le Madonne ninnano le loro spalle gocciolate dall'azzurro del firmamento; ninnano i loro Gesù Bambini, belli come tanti cuori, per adoperare il linguaggio della mia fantesca. Le Sibille, le Cleopatre sfavillano la loro bellezza da sultane.

In mezzo a questa vita, a questo incrociamento, a questo barbaglio caldo di meraviglie dell'arte, io perdo la bussola; e se dovessi adesso firmare un processo verbale del mio Consiglio comunale, una fede di battesimo, cioè di nascita, o un mandato dell'esattore, commetterei qualche bestialità; per lo meno verserei l'inchiostro del calamaio, invece della sabbia...

Ahi! Quasi mi capitava di farlo su questi scartafacci...

Che fortuna sarebbe stata, per voi altri!

VII

LA REGINA DEL MIO MUSEO - UN EVVIVA
AL GENERE - UN PENSIERO DA EROSTRATO

Nel ricostruire con la memoria i musei e le gallerie, che ho visitato a Roma, provo delle allucinazioni; per esempio mi sembra di diventare pontefice dell'arte, quando non sono nemmeno sotto-priore della confraternita locale di Santa Cecilia; e come pontefice mi picco di cresimare un re, anzi una regina dell'arte.

Si può dire che l'ho scoperta io questa regina per mio conto, provando un po' di voluttà da Cristoforo Colombo.

Gironzolavo insieme con il segretario comunale in un corridoio del Museo Capitolino. A un tratto svoltammo in un gabinetto, che piglia la luce dall'alto, una specie di cappella pagana.

In fondo, in una nicchia, vedemmo una donna nuda e bianca.

Era una cosa che non si può dire: una bella, un palpito di bellezza.

Finché mondo sarà mondo, non si potrà indovinare un'altra linea, un'altra posa morbida, piacente, come quella nello spazio.

E non si minchiona!... Ficcai gli occhi sulla Guida; mi orientai...

Quella divinità era nientemeno che la Venere di Prassitele, la Venere Capitolina.

Il mio segretario comunale, che è anch'egli ammogliato con prole, - anzi con diverse proli, come rispose egli stesso una volta al sottoprefetto - ed è prosaico finché ce n'entra, pure mi dichiarò che egli si sarebbe suicidato per quella donna di marmo.

Io uscii da quella cappella pagana; poi vi rientrai; dimoravo là immobile, tantoché il mio segretario comunale, svegliatosi dal proprio vagellamento, mi scosse, mi pigliò per un braccio, e mi trasse via di li, come una moglie del mio paese conduce via il proprio marito dall'osteria.

A noi quella Venere fece sì grande effetto, e ai custodi delle gallerie e dei musei, i capolavori che custodiscono, nulla di nulla. Essi passeggiano per quei corridoi con il capo chino, stropicciandosi le mani fratescamente; pensano al pranzo che ammannirà loro la moglie: se la minestra sarà di capellini o di cappelletti; pensano alle teoriche della mancia e degli stipendi, e mulinano in mente l'interrogazione: Mancia o stipendio? come uno studioso di economia politica può ruminare: Protezione o libero scambio? E rispondono in cuor loro al problema, come gli economisti di Milano: Una cosa e l'altra; ma non badano ai capolavori che custodiscono.

Se il Cancelliere del Fanfulla mi assicura di un processo di ingiuria, io vorrei ancora paragonare i custodi dei musei e delle gallerie a quelli dei serragli... No! no! poverini! li ingiurerei a torto. Nel loro poco attaccamento ai capi d'arte, c'entra non tanto la loro inettezza artistica quanto la troppa dimestichezza e pratica, che ottundono l'acume dei sensi, ossia la troppa confidenza che fa perdere la riverenza, quello che predico sempre a mia moglie, per regolare i suoi rapporti con la serva.

È la stessa storia del palato, che si intontisce all'uso dell'acquavite, e di certi preti di tutte le religioni, che a forza di maneggiare messer Domineddio, non lo guardano più quanto è lungo.

La Venere Capitolina mi fece del male: mi trasportò in un mondo che non è più il nostro.

Essa andava bene nei tempi in cui si credeva alle Ninfe, alle Driadi, alle Oceanine, in cui i fiumi portavano la barba da zappatore, e Alfeo passava sotto il mare per recarsi in Sicilia a fare all'amore con la fontana Aretusa.

Ma in questi ultimi tempi, in cui le acque servono di più ai motori idraulici che alle fantasie, quella Venere, nuda, bella, e nient'altro che bella, quella Venere oggettiva, che non sente, che non ama, che non soffre... ci strania, ci sconvolge, ci pone addosso dei turbamenti e delle estasi false, ci strappa alla utilità e alla moralità della vita presente. Onde io sentii il bisogno di staccare la mia mente dal pensiero di quella Venere attica e nuda, e di portarlo alle più belle figliuole d'Eva, [piemontesi e vestite] che io ho vedute nelle mie montagne: alle spose contadinotte dalla raggiera di spilloni in testa e dalla vesta di seta, ritta, e color di pavone; alle povere scolare con le dita azzurre dal freddo; alle fanciulle che piansero e guairono per un tradimento o per un patereccio.

Mi guarì dalla Venere, come una benedizione, l'essere entrato in una galleria di pittura straniera, specialmente fiamminga.
Mi inaffiarono di gioia quelle faccie, quelle pancie ordinarie, come si trovano in un banco o in un caffè, quei bottoni dei panciotti, che si toccano con voluttà da bambini, quelle rughe da vecchia, quegli utensili della prosa della vita, ecc., ecc., ecc. Mi trovai nel mio me, in casa mia.
E mandai dai precordi un Viva, un inno al Genere, al cosiddetto Genere, che portò la borghesia e la democrazia nell'arte, come il Romanzo lo portò nella letteratura; al Genere, infusorio bersagliere, che tocca tutto, bacia tutto, vivifica e santifica tutto; la gloria e il male dei denti; la spada con cui si conquista un regno e la pezzuola con cui una mamma netta un bambino; i balocchi di un cardinale con una scimmia; e il dolore di un pievano, a cui il gatto, rovesciando la lucerna, abbia rovinato il fascicolo delle prediche.
Evviva dunque il Genere, senza far torto alla Specie!

Il mio segretario comunale ed io eravamo incamminati alla Costoletta, e discorrevamo di arte, e c'infiammavamo delle bellezze che avevamo veduto nei musei e nelle gallerie che io chiamava superlative.
- Signor sindaco!
- Avanti.
- È vero che alcuni di quei quadri e di quelle statue, che anche il maestro comunale di Monticello giudicherebbe come lei di grado superlativo, è vero che potrebbero valere centinaia di migliaia di lire...?
- Sicuro.
- E che l'imperatrice di Russia, pochi anni fa, ha comperato una Madonnina piccola, una Raffaella di ultima qualità, per una somma enorme, e che per la partenza di quella Raffaella gli Italiani piansero e mugolarono come bambini, a cui il gatto avesse portato via mezza colazione?
- Sicuro.
- Ebbene, io invece, se fossi al posto del governo, piglierei tutti questi capi, queste gambe maiuscole da Satanasso, tutto questo sciame di angeli, queste Madonne che piegano la testa nella maniera morbida dei gatti, quando dormono, tutti questi Tiziani-Canova, e Raffaelli-Bonarroti, come diceva il cicerone, e li venderei ai governi stranieri per somme spettacolose. Con esse vorrei restaurare definitivamente le finanze dello Stato, che dalle promesse di Cavour buon'anima a quelle di Minghetti, di anima non ancora buona, - dimorano sempre nello stato cronico di quasi restaurate finanze... e vorrei abolire il macinato -.
Queste ultime parole il mio segretario comunale le pronunziò con un soffio di alterezza, spalancando certi occhioni, come avesse inventato un consorzio nazionale; ma si accorse che io mi oscurava, inorridiva, e quasi a sgombrare da me l'orrore, che egli aveva indovinato, soggiunse: - Non vorrei già

lasciarli vuoti i musei, e nemmanco farne magazzini da cereali. Ma li riempirei, ordinando agli scultori e ai pittori italiani viventi i quali non dovrebbero essere strangolatori nel prezzo, quanto i defunti di fabbricare dei bersaglieri e delle Belle Gigogin da mettere in luogo degli angeli, delle Madonne e dei giganti venduti, i quali tanto non si usano più. Giurabacco! - conchiuse il segretario con una vivacità che aveva tutta la buona intenzione di convincermi - Giurabacco! Se i nostri trisavoli sono stati capaci di fare dei capolavori, i quali dopo la maturazione di tre o quattro secoli salirono al valore di milioni, chi sa perché i nipotini non saranno capaci di fare altrettanto! Chi sa che i bersaglieri e le Belle Gigogin dei nostri artisti di adesso, fra qualche paio di centinaia di anni, non abbiano a far gola alle Prussie e alle Russie, e servano a pagare i nuovi debiti, che allora avrà lo Stato! -
Io avrei fulminato, avrei incendiato quell'Erostrato di un segretario comunale: ma per non fare una scena, che chiamasse l'intervento di una guardia civica, mi contentai di piantarlo su due piedi e di spedirlo a far colazione da solo.

INCOMINCIA LA STORIA DI UN CIOCIARO
E DI UNA CIOCIARA

Frastornato dalla poesia dei fantasmi artistici, e imbizzito per la prosa del mio segretario comunale, non seppi più infilare la scala della trattoria del Falcone, dove soleva rifocillarmi; e mi trovai, senza avvedermene, seduto sopra una pancaccia in una Osteria di cucina, anzi di cocina; perché l'iscrizione dell'insegna diceva precisamente così: Spaccio di vino padronale de' Chastelli romani con Ostaria di cocina.

L'osteria di cucina a Roma tiene il luogo di mezzo fra la trattoria e il minestraro, Mescita di minestre, come direbbesi in Toscana: ma a Roma finisce quasi tutto in aro: Minestraro, bavullaro, ventaliaro, coronaro, scatolaro, immondezzaro, ecc.

Anche le trattorie dove bazzicano eziandio senatori e deputati, come il Falcone e la Rosetta - intendo le trattorie proprio romane de Roma, lasciando mancomale in disparte le sublimità esotiche di Spillmann e comp. - non peccano per eccesso di eleganza.

Per esempio, al Falcone, i camerieri portano ancora il berretto bianco, e la giacchetta bianca da cuochi, costume che credo abbiano già smesso persino i tavoleggianti della Croce Rossa al Santuario di Oropa.

Per descrivere l'osteria di cucina, in cui sono entrato io, sento il bisogno di ritirare indietro la sedia dal tavolo, come dinanzi alla memoria di un raccapriccio e di un ribrezzo.

Al fondo di uno stanzone unico, la lucciola di un lumicino ardeva davanti a un quadretto della Madonna; perché la Madonna a Roma la ficcano nelle osterie, nei caffè, in tutti i luoghi profani.

Per l'aria circolava un tanfo fra l'odore delle pietanze e quello dell'acquaio.

Le panche, le tavole mandavano un rumore, un sentore di pece, di tarli e di scricchiolii.

Per dipingere tutto ciò si richiederebbe il pennello dell'ungherese Munckacsy.

Il peggio era la compagnia. Fra male gatte era capitato il sorcio. Io, malgrado la mia faccia di sindaco galantuomo, correva rischio di parere alle guardie di pubblica sicurezza un reclutante di ladruncoli, e ai ladruncoli un agente di pubblica sicurezza travestito.

Mi portano davanti un piatto di maccheroni intabaccati di formaggio biondo. Attraverso al fumo dei maccheroni e alle file di formaggio, vidi passare una forma non di cacio parmigiano, ma una forma muliebre. Non potei capire, se era una donna davvero, o un fantasma intellettuale, una di quelle spalle che Raffaello e Guido Reni mettono alle loro Madonne.

Dopo i maccheroni mi portarono un pezzo di cinghiale. Quanti peli aveva e quanto lunghi! Ce n'era per una chioma di Assalonne.

Frammezzo a quelle setole io vidi assiso di rimpetto a me un giovane ciociaro.

Aveva una faccia gialla, di quelle che escono dalla porta degli ospedali e delle prigioni.

In testa un cappello puntato, floscio e leggiero. E pure chi sa quale fatica, quanto rompimento d'ozio doveva costare a quel giovane il levare il suo cappello!

Egli aveva le braccia allungate sul desco e le mani strette contro il petto sotto le pieghe del mantello, che gli avvoltolavano il collo e il busto.

Sotto il tavolo gli si vedevano i piedi infingardamente immobili, i quali dovevano lasciare un'impronta sul pavimento allo stesso modo che la lasciano sull'asfalto di un terrazzo i vasi dei fiori con la loro giacitura fissa.

Egli aveva mangiato, e non aveva di che pagare. Il garzone dell'osteria, un bel fusto di giovane romanesco, con il viso condito di quella malizia birbona che salta fuori dai sonetti del Belli, ronzava intorno a lui, e gli domandava di tanto in tanto: - E li cutrini? -
Il ciociaro rispondeva che qualcheduno o qualcheduna doveva venire a liberarlo e a pagare per lui. Intanto egli rimaneva ostaggio.
Le mosche volavano ad infastidirlo, cercando di appicciccarsi alla sua faccia gialla da ammalato. Ed egli non aveva l'energia morale, e quasi nemmanco la volontà di muovere le mani per pararsele. Dimorava immobile nella sua positura e nella sua ignavia da modello. Solo oscillava, dondolava leggermente la testa dispettosa, sospettosa e dolorosa.
E il liberatore o la liberatrice tardavano a venire.
Il povero ostaggio boccheggiava per suo consumo delle parole di dolore selvaggio.
Il garzone seguitava a domandargli di tanto in tanto con un sorriso: - E li cutrini? -
Sulla fronte del ciociaro passavano delle paure, delle lagrime, e forse anche delle stille di odio e di vendetta.
Il vino padronale dell'osteria era buono; onde io ne domandai dell'altro per accompagnare un pezzo di cacio cavallo; vindicta fratrum, vendetta dei frati, i quali si attaccano al formaggio quando non hanno potuto fare un buon striscio di pietanze.

Qualche mia lettrice, misericordiosa del ciociaro e della mia anima, dirà che avrei dovuto pagare subito io lo scotto per il poveretto e liberarlo.
Veramente io ci aveva pensato: ma certe volte un'opera buona, benché voluta, è ritardata od anche impedita dal rispetto umano, dalla paura di fare una cosa secondo la rettorica che non si usa più, e contraria all'economia politica, che si usa troppo e proibisce l'elemosina - eccettuata l'economia politica del senatore Lampertico.
E poi qualcheduno o qualcheduna doveva venire in aiuto di quel ciociaro.

Uscii dall'osteria, quasi dicendo come il Nerone del Cossa: "Mi piace la taverna!".
Come è diversa l'umanità, quando uno s'alza da tavola, e dal vino padronale! L'umanità balena più nitida, più lucente.
Eppure, proferendo l'esclamazione neroniana, io mi sentiva contento di essermi distaccato dalla pancaccia di quell'osteria.
Dimenticava volentieri la lanterna magica di crucci, che passavano sulla fronte del ciociaro ostaggio; e richiamavo nella mente le ideine e le figurine più gentili che mi erano capitate dinanzi nella vita.
Ed andavo a rinvangare le più lontane, come giocando alla tombola si va a scovare nel fondo della borsa il numero più rincantucciato.
Mi fermai ad un tratto perché la vista di una donna mi diede una emozione.

Si stanno degli anni, senza che si creda tampoco che la vista di una donna possa commuovere.
Io nell'anno passato aveva provato delle forti commozioni, per esempio, quando scadetti da consigliere e sentii che un forte partito di malcontenti mi voleva far saltare. E poi provai una famosa agitazione elettorale nell'ultima nomina di deputato. Io portava il conte Zampa contro l'avvocato Mastica: i due partiti facevano a pigliarsi di mano gli omnibus; ed io rimasi una mezza giornata, una lunga mezza giornata con il raccapriccio di non aver omnibus sufficienti per i miei elettori.
Ma niuna agitazione è paragonabile a quella che mi diede la vista di quella donna.
Mi misi i due pollici nelle aperture del panciotto sotto le ascelle, e la osservai.

Era la stessa donna miracolosa, che mi sono sentito passare dinanzi all'Osteria di cucina fra il fumo dei maccheroni e le file del formaggio.

21

SEGUITA LA STORIA DI UN CIOCIARO E DI UNA
CIOCIARA, E TERMINA CON UNA PREDICA

Dalle stecche del busto le saliva sulle spalle una camicia bianchissima.

Dalla camicia come dagli orli di un vaso di porcellana si alzava un collo tornito, snello, indipendente, e sul collo una testolina che aveva le linee passionate e incisive di Beatrice Cenci e gli occhioni larghi, comprensivi della Fornarina, i più i begli occhi che siano comparsi a questo mondo.

Sulla capigliatura, che pareva una coppia di palombe, posava un fazzoletto in forma di assicella.

Le calava il grembiule pittoresco sul davanti delle gonne corte, che lasciavano vedere sui fusi delle gambe i rombi gentili fatti dai legacci delle ciocie (calzari).

Tutti gli uomini dal più al meno posseggono una macchinetta ideale nella testa, massime dopo un bicchiere di buon vino o dopo una tazza di vero caffè.

Ebbene, io pregherei i miei lettori, previa una tazza di caffè o un bicchiere di vino, a far lavorare la loro macchinetta per fabbricare la più bella donna di cui sia capace la loro fantasia. Scommetto il mio orologio Vacheron ad otto pietre, che la ciociara da me veduta riuscirebbe vincitrice al paragone di tutte le donne fabbricate da una macchinetta ideale.

Io la abbordai, e le dissi: - Buon giorno! -

Essa mi rispose: - Buon giorno! –

. . . .
.

Poi io seguitai o credetti di seguitare a dirle: - Suprema ragazza - suprema come lo Sciampagna nel menu di un pranzo di gala - tu non conosci il tuo valore, ignori la tua importanza e la tua classificazione. Tu sei bella, tu appartieni all'Arte, tanto quanto una Venere di Prassitele, o una bizzarria di Heine... Come dovette essere musica la verzura, che rise negli occhi a tua mamma; come dovette essere armonioso il cielo, armonioso il paesaggio, quando la baciò tuo padre! Tu sei venuta diritta a noi da quei secoli, in cui trionfavano la forma e la fisiologia - in cui le bellezze femminine erano medaglie al valore militare, premi e menzioni onorevoli ai vincitori nelle corse, come le clamidi broccate d'oro e le loriche luccicanti di perle, in cui i Romani erculei rubavano e domavano le fanciulle Sabine, puledre orgogliose - in cui si faceva la politica, e si facevano i lunghi assedi della città per amore di donne - amore, allora possessione da paradiso terrestre, e non ancora malinconia intima e fantastica da paladino, e tanto meno esalazione mefitica di romanzi da strapazzo...
Bella! Bella! E tu ti trovi forestiera in questa età di sentimenti, di numeri e di idee, esistenze raschiate di ogni corpo e di ogni forma...
Bella! Bella! Vorrei che ti avessero vista gli autori dei più cari libri, che io abbia letto.
Chi sa quali stragrandi inspirazioni avresti loro suscitato, secondo la regola se tanto mi dà tanto!...
Imperocché gli scrittori d'ordinario tirano le loro inspirazioni leggiadre da modelle brutte come il peccato... ed io conosco un poeta autore di versi invulnerabili, la cui inspiratrice somiglia nel viso a un piatto di lenticchie.
Bella! Bella! -

La suprema ciociara, mentre io parlava, o credeva di parlare, masticava una nocciuola rosicchiarella.
Io le domandai che cosa faceva. Essa mi disse: - La modella -.

Io le domandai perché voleva fare la modella, ed essa mi rispose: perché quella mattina aveva condotto suo fratello fuori dell'ospedale, e gli doveva pagare la colazione in una osteria di cucina, dove lo aveva lasciato...

Mi diedi un picchio sulla fronte. Quella ciociara era la sorella del mio ciociaro.

Senza rimproccio, come dicono i miei contadini, quando sono costretti a confessare di avere sentito una messa, o di aver fatto una buona azione, di cui non intendono farsi belli davanti agli altri - senza rimproccio - stavolta deliberai di pagarla io la colazione al giallo e pigro ciociaro.

Quando ritornai all'osteria di cucina, lo avevano già fatto alzare.

Il garzone, stanco di domandargli inutilmente i quattrini, aveva pensato di appigliarsi ai mezzi coercitivi. Si era affacciato alla porta dell'osteria, adocchiando se passava di là qualche guardia di pubblica sicurezza.

Spuntarono due magnifici pizzardoni: così si chiamano a Roma le guardie civiche, dalla punta del loro cappello che somiglia il becco di un pizzardone, classificato da Linneo tra gli uccelli acquatici municipali.

Ma eglino furono tosto occupati da due popolane letichine, che si rivolsero loro per certe particolari ragioni; imperocché i pizzardoni, mentre non si trovano troppo in buona vista dei popolani, sono per lo contrario - essendo in generale pezzi di belli uomini - careggiati dalle donne del popolo, e tenuti in conto di loro pacieri e giudici Salomoni nelle piazze e per le vie. Le guardie ascoltavano dunque le due femmine, che volevano farsi raddrizzare i loro torti, quando furono chiamate dal garzone dell'osteria, perché lo aiutassero a riscuotere la cattiva paga del ciociaro.

Quei magistrati stradali si trovarono nell'imbarazzo dell'imperatore Traiano, che, mossosi con l'esercito per andare al campo, fu richiesto di giustizia da una donnicciuola a cui avevano morto il figliuolo. Essi adoperarono l'unico modo razionale di sgabellarsela per chi ha da fare due cose a un tempo: farne una alla volta. Diedero la loro sentenza salomonica alle popolane, e poi entrarono nell'osteria di cucina; e con una gomitata fecero levare in piedi il povero ciociaro, come l'ho riveduto io. Meschinello! Lo ritrovai sbiobbo, piccino, quale non l'avrei mai dubitato quando lo vedeva seduto. Non c'è nessun paragone di bestia bastonata ed afflitta, che possa dare il colorito spento di quel macilente in mezzo ai due floridi pizzardoni.

Avendo io pagato il suo scotto, il ciociaro e la ciociara se ne andarono con Dio; il ciociaro strascicava il suo mantello sbrandellato, e sotto il mantello le ciocie luride e penzolanti; la ciociara, nella movenza delle spalle morbide e bianche, riusciva più armoniosa che gli omeri sonanti dell'omerico Apollo.

Mentre li scorgeva dilungarsi da me, correvo loro dietro con le mie malinconie.

Misuravo la distanza che intercede fra quelle anime di bufalo piagato e di giovenca rigogliosa con le anime dei contadini toscani, che al padre Giuliani, amoroso della loro toscanità, risposero con discorsi in cui gongolano i colori, la moralità e la poesia.

Io pensai alle famiglie contadine delle mie montagne, da cui originano vere e fiere dinastie di consiglieri comunali e di sindaci; e in cui i vecchi hanno le mani tremule, il naso adunco, le brache corte, le calze nere di fioretto, a modo dei preti - ma l'anima altiera: tanto che sanno levare il becco contro il parroco nelle questioni di confraternita, e tener testa al sottoprefetto nelle suggestioni elettorali. E i loro figliuoli partono giovanissimi dal paese di buon mattino, con un raggio di sole nei capelli e con una fanciulla nel cuore, e vanno a lavorare in Francia, in Svizzera, in Alemagna, nelle miniere, nei trafori, eccetera, e mandano al paese dei vaglia, spesso in oro sonante, che si fa palpare volentieri dall'ufficiale postale, e che serve a quadrare il campo, o l'orto di famiglia. E le figliuole e le nuore di quei vecchi bisogna lasciarle descrivere al commendatore sì, ma poeta Regaldi, mentre scendono dai greppi con la gerla alle spalle e il rosario fra le dita, fresche, rubiconde, pittoresche e intemerate.

Gli artigiani che rimangono e quelli che ritornano al villaggio entrano nella Società operaia, che ha una bella bandiera, una cassa forte per gli ammalati, e una biblioteca popolare circolante; e quando essi, i soci, discorrono della loro Società operaia e delle Società operaie consorelle, ci mettono un'enfasi e un cuore, come parlassero delle loro amorose.

Quanta differenza fra le anime contadine delle mie montagne e quelle che si allontanavano del ciociaro e della ciociara, i quali nascono, vivono, mangiano, dormono, strameggiano al pari delle bestie!

Mi venne voglia di chiamare a banco i signori preti (non dico a lei, signor prevosto di Monticello), ma i maggiori preti, i quali, troppo affaccendati a scagliare scomuniche sulle Corone e sui popoli al di là dei monti, e a imbarcare le benedizioni sui bastimenti che vanno in oga magoga, lasciarono quasi cassare l'effigie umana dall'anima dei poveri cristiani più vicini all'ombra delle loro cupole eccelse e pompose.

PROPOSTA PER L'INSTITUZIONE DI UN DICKENS E DI UN
AUERBACH ROMANESCO

A Roma, sotto la cupola di azzurro tepente e dinanzi alla cupola michelangiolesca, fra le opere di Fidia, di Prassitele, e i colori e i volti delle ciociare, l'anima si adagia o sta paga nella forma dell'arte e del bello. La stessa fierezza trasteverina è più estetica che etica, o, per dirla più da galantuomo, è più artistica che morale.

E questo sentimento della forma sta troppo da sé, e fa da sé più infelicemente dell'Italia di Carlo Alberto; né si cura troppo di svolgere e di mettere fuori gli altri germi dell'anima.

Aspettatevi una grossa metafora.

Oh! se si potesse piantare nell'anima romana il coltello dell'io barbarico, che, sotto cieli più bruschi e più bassi, va giù giù, profonda nelle anime a guisa di palombaro, e ne scava tesori riposti di bontà, di operosità, di utilità, e di molte altre cose stupende, che finiscono in à! Se si potesse rovesciare l'anima romana come una tasca o un paio di calzoni, quante ricchezze vi si troverebbero da mettere al sole! Se ne troverebbero più che in fondo al mare; perché deve essere ricchissima un'anima fusa in un ricettacolo così splendido e al crogiuolo di una storia - la più grande di tutte le storie.

Questo mi parrebbe ufficio di una letteratura romanesca allegra e scarpellina che bucasse le anime, facendo, si sottointende, loro piacere e non del male nell'operazione - vi mettesse dentro dei nuovi raggi di luce, e la rivelasse a loro stesse... E a siffatta letteratura mi sembra accomodatissimo l'ingegno romanesco.

Certe arguzie, che uno scrittore settentrionale filerebbe lentamente a somiglianza di un baco da seta - un friggitore di Roma te le spiattella bravamente, senza pensarci su, e poi si volta in là, come non fosse suo fatto.

Pigliate le commedie del Giraud e i sonetti maravigliosi di Giuseppe Gioacchino Belli. Che gazzarra di malizia indagatrice! Quali pitture nette, affilate, ridenti! Ma lasciamo stare, che eglino, a mio avviso, siano stati più berneschi che umoristi. Bisogna, ad ogni modo, ingrandire ed ammodernare i quadri. Ora, nell'arte, che sempre più si allarga, si avanza e si complica, importa aggiungere due ingredienti, che nominerò con parole straniere, perché portatici di fuori, il rêve e l'humour.

A proposito, se potessi, io vorrei inchiodare nella testa a tutti i professori di letteratura italiana nei licei d'Italia, che la letteratura, come la cultura in generale, non è più un monopolio italiano, ma è una ricchezza mondiale, e che dopo le strade ferrate e i trafori, hanno il dovere di saperlo anch'essi. Invece credo che in quasi tutte le nostre scuole si insegna tuttavia, come hanno insegnato a me, un balordo chez nous letterario, che pure si biasima ai Francesi, e forse esiste ancora, come ai miei tempi, un numero del programma governativo, che dichiara le letterature straniere o boreali, come le chiamano i professori, essere il Babau.

Invece, secondo il mio modo di vedere, mi sembra che, senza uscire dal seminato della nostra tradizione letteraria, possiamo rimpolparci degli acquisti che fa il mondo a cui apparteniamo, sebbene Italiani.

Ma nelle nostre scuole di letteratura italiana, Dio mio! che scheletri di letteratura! salvo le debite eccezioni. Orrrore, per lo meno con tre erre!

Adunque, nella nuova letteratura romanesca, io desidererei gli elementi del rêve e dell'humour; il rêve che raccoglie le cose dalla più umile realtà, dal selciato delle vie, dai pianterreni delle case ed anche dalle cantine, e le porta in su, in su, nella regione delle fantasie e delle idee; l'humour, che non ride per ridere, ma scherza per commuovere, e fa brillare negli occhi il pianto-riso, che è la luce più bella da cui possa essere illuminata una figura umana.

Ah! (lo scrivo con un soffione). Se in luogo di essere sindaco e sopraintendente alle scuole elementari di Monticello, io fossi ministro dell'istruzione pubblica, vorrei bandire un concorso per un posto da Dickens o da Auerbach romanesco.
Titoli per l'esame:
1° età non maggiore dei trentacinque anni;
2° essere nato a Roma o nei luoghi circostanti;
3° conoscere la letteratura inglese e tedesca e il dialetto romanesco delle trasteverine, delle montigiane e delle vecchie streghe che si abbaruffano in via Fiumara;
4° ed ultimo - scrivere l'italiano, pressappoco come il Giusti dell'Epistolario.

Al giovane che trasceglierei, darei una buona provvisione e un alloggio nel Convento di Sant'Onofrio. Lì ci sarebbero il nome, l'ombra impiastrata a una muraglia, la gorgiera, la quercia e la. spada del Tasso per non lasciarlo tralignare dalla italianità. Quelle celle, quei corridoi, calmi e sereni - da convento, - riuscirebbero un ottimo granaio per una formica intellettuale.
Di lì il poeta della prosa - scelto dal Ministero -, scenderebbe a Roma a cogliere l'epigramma, gli urti, e il cuore della gente che formicola nelle vie, scorazza negli omnibus e nelle botti dimenandosi - e fa la vita di famiglia. E questi elementi se li porterebbe a Sant'Onofrio, li pulirebbe, li renderebbe lucenti; - poi, affacciandosi alla spianata, o soltanto a una finestra, donde si vede ai piedi del convento quasi tutta Roma, agguanterebbe i pregi, i bisogni e le tacche principali che aleggiano su Roma.
Così, potrebbe risuscitare potentemente e largamente in prosa la Musa del Belli; e potrebbe rendere la vita romana nei romanzi, in queste epopee moderne, borghesi, democratiche, che i professori sopra biasimati bestemmiano rancidamente ai giovani, perché dette epopee portano la cuffia e le scarpettine da modista, e i ferri da calza come le madri di famiglia in luogo del cimiero e dei coturni e dell'asta di Minerva.
Vorrei che il mio futuro romanziere possedesse uno spirito alla Dickens, arguto e bonario, che penetrasse come l'aria nei buchi delle serrature, in tutte le fessure, e purificasse tutti i cantucci, soprattutto facesse dimenticare gli archi e le colonne, buone per le canzoni di Leopardi, anzi nemmanco buone secondo il Leopardi, che le mirava con dispetto spoglie della gloria antica. E vorrei che il mio Messia, facendo dimenticare gli atrii muscosi e i fori cadenti, rendesse in luogo loro care e parlanti le stoviglie e le suppellettili delle case e le più umili parti del cuore umano, che si pregiano quando un poeta ne illumina la bellezza.
Vorrei infine che il poeta provvisionato cogliesse l'occasione per istillare nelle vene dei Romani un po' di sangue settentrionale e a preferenza olandese, buono per le dighe e indicatissimo per la sistemazione del Tevere.
Ma a Roma più che alle anime viventi, finora si è pensato pur troppo dai superiori alle pietre morte.
Speriamo nell'avvenire e negli spintoni del generale Garibaldi.

LE ANTICHITÀ - LE VILLE PRINCIPESCHE

Anch'io ho voluto vederle le antichità di Roma; - il Colosseo con e senza luna; le Terme di Caracalla, dove rimane ancora qualche tratto dei tappeti e dei pesci di mosaico, che una volta balenavano e guizzavano sotto l'acqua; ho visto le rovine dei Palazzi dei Cesari, dissotterrate ancora in tempo per servire alla retorica di Angelo Brofferio e del professore Giovacchino De Agostini; ho visto la Piramide dell'epulone Caio Cestio, gentiluomo di bocca della corte d'Augusto: le mura di Servio Tullio; i templi della Pace, della Concordia, della Fortuna, ecc., ecc.; la Mole Adriana (Castel Sant'Angelo) che è un grosso tamburo in muratura; i diversi archi, le diverse colonne...

Ed anch'io mi sono procurate con la fantasia le mie brave notti e i miei bravi giorni romani. Mi sono figurati i centomila spettatori dell'Anfiteatro Flavio, il muoversi dei gladiatori e dei leoni, le signore romane che si compiacevano quando un leone piegava la testa elegantemente in un assalto; le unghiate che i sullodati leoni raspavano e scavavano come un aratro inglese, nella carne umana; i guazzi di sangue; e poi le lavande d'acqua che riempiva la platea dell'Anfiteatro, in cui si davano battaglie navali di artifizio... Diascolo! Ho fatto anch'io la mia famosa retorica sotto il sullodato professor De Agostini, che era il primo retore degli antichi Stati Sardi.

Ho detto parecchie volte fra me e me: qui può avere starnutato Cicerone; qui Virgilio può aver domandato a Mecenate qualche sesterzio in prestito per andare a scuffiarsi un pezzo di storione all'osteria.

Ho paragonato i laghi smaltati, dipinti, istoriati e rinchiusi, in cui gli antichi pigliavano il bagno, con le tinozze, in cui si imbucano gli uomini di adesso, ciliegie nello spirito; ho paragonato le gradinate enormi del Colosseo, con i palchetti dei nostri teatri, celle da alveare.

E davanti a certi scalinoni, a certi muraglioni, a certi colonnoni, ho conchiuso, come è impossibile non conchiudere: quella gente là doveva avere il fiato più lungo, le gambe più lunghe, e doveva divertirsi e bagnarsi molto meglio di noi.

Ma avrei dato un scappellotto al mio segretario comunale, il quale mi disse con uno sbuffo di rincresci-mento: - Eh! adesso non se ne fanno più di questi Colossei e di queste Terme.

- Non se ne fanno più - risposi io; - perché adesso costa molto la mano d'opera, dove una volta costava poco o niente; costava quasi soltanto delle nerbate sulle gambe o alle costole degli schiavi -.

Però io preferisco i miei tempi, in cui non si hanno denari a buttar via nei Colossei e nelle Terme; perché, in compenso, il bracciante portando delle carrette di terra nella costruzione delle nostre strade ferrate, o portando la secchia nell'innalzamento delle fabbriche moderne, si busca il suo nobile e sacrosanto salario, con cui alla domenica può far cuocere il suo pollo, quel pollo che Enrico di Francia desiderava ai suoi sudditi come il maggiore splendore del suo regno; e mangiato il pollo, può piantarsi un garofano all'occhiello della sua giacchetta, e uscire di casa allegro e trionfante, perché egli è cosa sua e non d'altri, è pensiero di se stesso, di sua moglie e dei suoi figliuoli.

E poi, antichità! antichità...

Facciamo fra tutti una cosa: pigliamo il nostro buon senso con due mani, acciocché non ci scappi, e badiamo di squattrinare il vero, secondo il suo verso.

Antichità! Antichità! Tanto se vogliamo credere la materia sempre esistita, quanto se la vogliamo credere creata, è certo che tutta tutta la materia, niuna eccezione fatta, è antica a un modo; tanto è antico il mattone, che abbia servito alla fabbricazione della torre di Nembrot, quanto il. quadrello di carta, che io pesto adesso e che ha servito ad avviluppare una caramella sfornata ieri. Nella lista di luce che il sole proietta da una fessura della finestra dentro la mia camera, danzano e si accavallano antichità microscopiche dello stesso tempo, forse peli della barba di Assalonne e certamente peluria di un tappeto, che ha scosso or ora la mia serva.

Alla materia, dopo che esiste, non si è mai aggiunto niente e non si è mai tolto niente. È una massa che per suo spirito e per la sua legge; si bacia e si rimpolpetta; poi si odia o si discioglie per amarsi e aggregarsi nuovamente, e ciò per omnia saecula saeculorum.

Se in questo viaggio circolare di forme, la materia naturalmente, o sotto la mano e l'ingegno dell'uomo, ne azzecca una, cioè foggia una forma, che sia utile, bella ed esemplare - la si fermi quanto si può di più, - che per sempre non è fattibile: niuna barba di archeologo può piantare un bastone o mettere una scarpa perpetua alla sua ruota.

Dunque le forme, che se lo meritano, si incornicino e si incastonino anche quali gioielli, come fanno i Tedeschi, e non si lascino nella mota, come fanno alcuni dei nostri, contenti a disseppellirle.

Ma a conservare un sasso, che non è bello, non è utile, non è esemplare, solo perché si crede più antico degli altri, e tanto peggio rovistare i selciati, disturbare il prossimo che vive, per cercare di queste pietre morte, mi pare la più grossa corbelleria che si possa stillare sotto la cupola di una testa umana.

I dilettanti di sassi si rivolgano ai tritumi scavati dalle viscere oscure delle montagne per i lavori dei tunnels. Sono i sassi più nobili, più gloriosi e più poetici di tutti gli altri sassi, perché, levando l'incomodo della loro presenza, lasciarono penetrare la luce, il commercio, il vapore e la fratellanza, dove questi signori e signore non se lo sarebbero mai più immaginato.

Adunque i prelodati dilettanti se ne attacchino alla catenella dell'orologio, di quei sassi; se ne riempiano bene le tasche, che non iscomoderanno nessuno, e sentendo le loro tasche pesanti, non penseranno più a romperle a noi.

Più che le antichità mi andarono a versi le ville dei principi romani, di cui alcune dànno dei punti al Prater di Vienna.

Bisogna girarvi in carrozza, tanto sono estese e piene di laberinti.

Vi si trova tutto lo sfarzo della giardineria: agrumi a iosa, siepi di verde, tagliate a colonne traiane e a cannoni sdraiati, paracarri e catene di edera, boscaglie di aranci, fiori centenari, che somigliano piante, viali che fanno archi ed archi di verzura, fichi d'India, peschiere, in cui guizzano dei pesci rossi, grossi quattro volte quelli che si ammirano nelle bacheche dei nostri pizzicagnoli, e poi vaghezze di fontane.

Vi sono dei getti d'acqua che paiono candelotti, sopra od intorno ad un altare. Altri sbocchi di fontana vengono giù dolcemente e curvamente, formando delle campane d'oriuolo, o delle lastre di cristallo da tagliarsi con il diamante.

Sono degne di considerazione le anitre nelle vasche e nei ruscelli artificiali.

Quelle anitre, come stanno bene!

Pigliano dalla libertà la forza selvatica del volo, e dalla ricchezza del guazzo il lustro domestico e civile. Le loro penne hanno dei colori da paramento di chiesa. Esse sono canonichesse.

Eccole: tronfie, fendono il marmo grasso e verde di erba acquatica, che fa da tappeto alla superficie della vasca; poi si fermano, voltano in su la coda a leva per pescare un vermicello. Paiono clowns. A quante cose somigliano quelle anitre!

Intanto i falchi passano neri sotto la volta azzurra del cielo.

In certi casotti vi sono dei conigli con occhi di agata o di amatista.

Vi sono dei fagiani, che portano delle acconciature da signore, che non ha ancora descritto il signor Folchetto. Alcuni hanno un mantellino bianco, che, con i suoi fiorami, striglia magnificamente la vestesottana di seta nera.

Sugli stradoni trionfali scalpitano dei cavalli.

Compaiono dei cocchi trascinati da cavalli splendidi, neri di liquorizia.

I guardiani di questi giardini privati vanno in perlustrazione anch'essi a cavallo.

Si incontrano pei viali dei branchi di seminaristi rossi o violacei, e di preti esotici maravigliati.

Si incontrano a quando a quando delle stupende prospettive.

Si vedono di lontano sopra spianate, su profili di colline, cancellate finissime e mezze cavallerizze di piante.

Si vedono nella campagna vicina delle stuoie di terra a gradazioni di giallo, che si rinfocola fino al rosso della pozzolana.

Non mancano le statue greche e le memorie storiche del quarantanove.

Il mio segretario comunale conchiuse che ciò era troppo, e che il troppo è sempre troppo, e che la ricchezza e la grandiosità di quelle ville sono sproporzionate al concetto di una famiglia privata; tanto è vero che sono aperte al pubblico. Quindi ruminando i suoi studi del seminario, e le letture delle sue gazzette e delle leggi e decreti, che esistono nell'archivio comunale di Monticello, egli seguitò a borbottare, che quelle ville potevano far nascere l'idea di comunismo, di leggi suntuarie, o per lo meno di una legge di espropriazione per utilità pubblica.

Io, quale primo magistrato di un comune, eletto dal popolo e ufficiale del governo, mi credetti in obbligo di redarguire il mio segretario comunale, anche lui uomo pubblico e rivestito della fiducia pubblica per le sue teorie avanzate e retrograde, e lo invitai categoricamente a vergognarsi dei suoi discorsi.

Egli acconsentì agevolmente alla mia istanza; onde l'incidente fu chiuso ed esaurito, e non gli si diede più oltre passo, evasione ed evacuo, come scrive il mio signor segretario nelle lettere che io sottoscrivo.

MINUZIE DI ROMA - E POI VEDUTA
COMPENDIOSA DAL MONTE PINCIO

Quando, - stanato al ministero dell'Istruzione Pubblica il regolamento per i macelli pubblici di Monticello - io ricevetti dal parroco la lettera che mi chiamava urgentemente al paese, volli ancora una volta godere Roma in compendio, guardandola dal monte Pincio.

Giunto alla spianata del monte, io dissi a Roma:

- Non muoverti! ti guarderò di qui a qualche minuto; risaluterò i busti che fanno da paracarro nei giardini del Pincio -.

In quei busti sono raffigurate tutte le cosiddette notabilità della storia e della cronaca italiana, da Pitago-ra ad Urbano Rattazzi.

Mentre passeggiavo davanti a quei busti, riepilogavo certe piccininerie e minchionerie di osservazioni fatte da me a Roma: proprietà di linguaggio - intitolazioni di botteghe - incontri e sagrati popolari et similia.

Mi ricordo che allora mi ricordai come i carradori più fini a Roma si chiamino facocchio, e i ferravecchi di stracci, i quali stracci non sono ferri, si chiamino più propriamente robbivecchi. Mi venne in mente il titolo di un'osteria: Me la fumo.

Nacque da ciò, che il Papa un giorno passò davanti quell'osteria, mentre l'oste se ne stava sulla soglia fumando la pipa; e gli domandò: - Che cosa fate? - E l'altro: - Me la fumo -.

Ricordai i barocci campagnuoli con le cuffie da suggeritore, che servono da ombrello e da guanciale ai contadini. Rammemorai le viuzze sanguinolenti per le litanie di capretti scorticati e penzolanti nell'apertura delle botteghe; - e i latinismi restati ai padroni di casa, che mettono l'est locanda in luogo dell'appigionasi.

Questi proprietari usano eziandio far scolpire il loro riverito nome in una lastra di marmo sul frontone dei loro stabili insieme con l'avvertenza, che la casa è libera da ogni peso e canone.

Ciò deve fare molto comodo ai giovanotti, che intendono sposare la figliuola del proprietario.

Ricordai la luridezza del Ghetto di via Fiumara, in cui si trova sempre una baruffa di megere scarduffiate e su cui si fermò la penna d'oro (così non si limitasse ad altro che a scrivere!) di Emilio Castelar.

Ricordai i portogalli capati - il caffè da due soldi - i friggitori pubblici - il giuoco della passatella, in cui i giuocatori si passano l'un l'altro un bicchiere di vino - la pietra, su cui pose le ginocchia San Pietro, quando i demoni portarono Simon Mago per aria - gli errori della grammatica romanesca, che fa dire noi andassimo, noi venissimo per andammo, venimmo - le grandiose fontane, che coprono frontoni di palazzi - i laghi d'acqua e le pozzanghere delle vie quando piove; imperrocché Roma, la città della Cloaca Massima, ha po-chissimi acquedotti sotto le vie; onde l'acqua rigurgita e si riversa dai canali delle gronde in brutte cascate fra i piedi dei passanti, come da un acquaio.

Quante contravvenzioni farebbe a Roma il mio inserviente comunale di Monticello!

Non dimenticai le mostre del bucato sui balconi delle vie principali, e da ultimo la retorica e l'atrocità delle bestemmie.

Un giorno sentii disputare due mercanti di campagna presso Santa Maria Maggiore. L'uno stupito, perché l'altro ricusava credere ad una sua asserzione, aperse le braccia, e disse: - Apritevi, tombe degli avi miei! - E il secondo di rimbalzo, giù una maledizione non solo all'interlocutore, ma anche ai mortacci sui.

Codesto accrescitivo dispregiativo, che risale agli antenati, come la nobiltà chinese, mi parve il non plus ultra dello scettico e del mordente.

Ci sono altre cianfrusaglie da ricordare?

Io ne ebbi abbastanza di quelle lì, che ho affastellate alla rinfusa. Poi, come un pretore dell'antichità, abbandonai le minuzie, e mi affacciai alla balaustra del Pincio per riavere Roma in un solo colpo d'occhio.

Roma, mancomale, non si era mossa.

Essa mi stava tutta dinanzi: un fastello di tetti, di campanili, di torri e di cupole, che discende dall'Esquilino a Campo Marzio.

Non mi pareva vero di trovarmi davanti la sublime, l'alma Roma, l'Eterna Città, che mi aveva riempita la testa da giovinetto, e che io credeva qualcosa di strano, e non una città come tutte le altre, nello stesso modo che la donna del Berni credeva che il Papa non fosse un uomo, ma un drago, una montagna, una bombarda.

Ed invece Roma è proprio una città come tutte le altre, anzi da meno di molte altre in certe miserie mo-derne, una città con i suoi fumaiuoli, con i suoi marciapiedi incomodissimi, con i baracconi dei giornali e gli spacci di lucido Dubois.

Le muraglie dei palazzi e delle case, i campanili e le torri mi mostravano dei buchi nelle finestre, negli abbaini, e nelle altre aperture.

Io domandava a me stesso, se quei buchi erano bocche di scheletro sdentato od occhi di luce.

Non c'era verso: bisognava mi commovessi: me ne correva l'obbligo sotto pena di una presa di minchione, o di sasso.

Ma non ci riusciva a scaldarmi. Per aiutare la mia fantasia, ripetevo nella mente le parole più rotonde che Roma ha fatto dire agli scrittori, quelle parole che riempiono la bocca, come una cucchiaiata di fagiuoli: Tantae molis erat romanam condere gentem - tu regere imperio populos, Romane, memento - Imperiumque pater Romanus habebit... Pensavo che io tenevo lì sotto i miei occhi: genus...latinum, Albanique patres, atque altae moenia Romae, - Capitoli inmobile saxum... ecc., ecc., e tutta la Città Omnibus, la quale nos ha dado fa jurisprudencia con sus pretores, los municipios con sus proconsules, la libertad con sus tribunos, la autoridad con sus Césares, la religion con sus pontefices... pedra miliaria ecc., arco de triunfo ecc., templo, - academia - campo de batalla ecc., ecc., una città più famosa di Babilonia, Tiro, Gerusalemme, Atene, Alessandria, Parigi, Londra e Nuova York, perché abraza los dos hemisferios del tiempo, el mundo antiguo y el mundo Cristiano...

A quel focolare sono venute a buscare una fiammata le fantasie più dorate e le più cristalline dell'Arte; Goethe, Courier, Castelar, ecc., ecc. Ed io, per riscaldarmi, mi spettinavo con le dita i capelli, ad imitazione di quel tiranno da palcoscenico, che per entrare sulla scena furente, cominciava a montare in bizza, attaccando briga fra le quinte con il vestiarista o con l'illuminatore.

Ma le parole degli scrittori, che si accavallavano nella mia memoria, mi formavano dinanzi un tutto e un niente, un punto bianco che io volevo afferrare e che mi scappava via velocissimo.

Finalmente mi soccorse a pigliare il filo una domanda di Gioberti:

Che cosa è Roma?

Roma storicamente è quasi tutto, e soprattutto una stupenda piantonaia di forze.

Perdoniamo il ricordo dei battibecchi cosmici, delle vicissitudini idrauliche e plutoniche nei tempi preistorici, in cui il Monte Circello era circondato da acque, cioè formava la famosa isola della maga Circe, cui approdò Ulisse. Imperocché allora l'acqua salata saliva sui greppi dell'Appennino e vi lasciava la marna di oggidì; locché, dicono, sia proceduto dalla rotta del Mar Nero, che costituiva un lago solo con il Caspio e l'Aral; onde inabissò il Mediterraneo, che disfogossi poi con lo Stretto di Gibilterra.

Perdoniamo i tempi, in cui i giganti battagliavano con Giove nei Campi Flegrei, e ruzzavano insieme i monti in modo da sbalordire Shakespeare e la Bibbia.

Risparmiamo il re Giano e il re Saturno, introduttore di una civile eguaglianza intermittente - cristallizzata nei saturnali, in cui era lecito ai servi sedere a mensa con i padroni.

Risparmiamo il passaggio di Ercole, che scoperchiava con uno strappo di mano le rupi, e immetteva la luce nelle caverne dei ladri.

Cominciamo a sfoderare da Evandro; che ce ne sarà a sufficienza per i miei studi ginnasiali e liceali.

Là, sulle rive del Tevere, c'era una boscaglia opaca, un magnifico paesaggio di verde cupo, descritto da Virgilio, in mezzo a cui serpeggiava l'acqua del Tevere limpida e bruna bruna sotto l'ombra perpetua delle piante; credo di copiare il Purgatorio di Dante.
Fra quel silenzio verde (rubo il Bue del Carducci:)

"Pur ora del Tevere
Ai lidi tendea
La vela di Enea".

Questi ultimi versi chi non lo sa che sono dello Zanella?
Mi sembrò di sentire il "Chi va là?" dato da Pallante, principe ereditario del regno di Evandro, ad Enea, e riferito da Virgilio, il Prati di Augusto.
Senza saccheggiare più nessuno, è certo che dagli arbusti pelasgici trapiantati in riva al Tevere e ingrassati dalla accozzaglia fattavisi intorno, pullularono quei gamboni che salivano senza ansare non solo i gradini spropositati degli anfiteatri, ma eziandio sui culmini delle montagne, e si affondavano nelle sabbie dei deserti, senza rimanervi ingambati; onde pigliarono per sé tutto ciò che si poteva pigliare allora, e menarono a Roma accaprettati dietro le loro bighe iddii, principi e popoli stranieri.
Voltaire attribuisce la maggioranza trionfale dei Romani alla loro moderazione utilitaria (il Gioberti avrebbe detto dialettica), per cui armonizzarono e si appropriarono tutto ciò che pareva loro buono, dalle navi cartaginesi alle divinità artistiche della Grecia, che si portarono nel loro Pantheon.
Sarà benissimo: ma io soggiungo che quella gente là deve avere ricavato dal suo nido e portato nella testa un raggio maggiore di luce intellettuale per vincere nelle lotte darwiniane della specie.

Quei gamboni, a forza di camminare, si straccarono e persero l'equilibrio.
E allora, sul suolo romano, in cui si allargava stemperatamente la forma dorata dell'antichità classica, venne a piantarsi - sempre dall'Oriente - un'idea, che oso dire, senza vernice, in mezzo ai colori fulgidi, un pensiero mite in mezzo ai crudeli, umile in mezzo ai superbi, sofferente in mezzo ai gaudenti (per dire queste cose ci vuole assolutamente lo stile delle prediche); l'idea dei poveri, degli straccioni, dei servi, degli ammalati, delle femmine, l'idea che pigliava in una bracciata quattro quinti dell'umanità dimenticata, o malmenata, e li ridonava alla dignità umana, alla civiltà mondiale, in somma delle somme, l'idea cristiana.
Questa idea si abbarbicò nelle tombe sotterranee: lavorò sotto terra, come una talpa ideale e morale.
Signori! mi accorgo che la metafora è indegna. Ma vi assicuro che ne farò delle peggiori, sebbene la scusa non sia buona.
Poi questa idea sotterranea venne alla luce, molto più splendida delle mogli sepolte vive da Barbebleu.
E si diffuse per il mondo, nei cuori delle serve, nelle bocche dei marinai, da per tutto, come il nome di Maria nell'ode di Manzoni: benedisse, consolò, emancipò.

Non sembra vero. A guardare il Vaticano, a girarvi attorno, non si riceve nell'animo molto sentimento di venerazione. Pare di girare intorno alla cura di un parroco più grosso degli altri; il quale se gli altri parroci mangiano un cappone ogni giorno e tengono al loro servizio una cuoca e un viceparroco, egli debba scuffiarsi due capponi e due pernici al giorno, ed avere per i suoi comodi tre cuoche e due vice-parroci.

Eppure al Vaticano c'è di più di un parroco grosso. Là c'è il fuoco, o il perno, o la meta, secondo la parte di fisica che volete scegliere per il paragone; insomma c'è il principio, o il fine, o il la di intonazione di moltissime coscienze - di messe, prediche, incensi, collette, benedizioni, rogazioni, lacrime, missioni, inni, che ad ogni trarre di orologio voi potete figurarvi infiniti quasi in ogni parte del mondo...

Ma adesso ecco lì: sulla faccia della Roma presente, che è una crosta della antica, sono rimasti il simulacro dell'antichità classica, l'idea cattolica quasi netta dai suffumigi temporali; e poi sono venuti di nuovo la patria, la civiltà degli ordini civili, il desiderio di pulizia nelle strade; ed insieme con queste cose buone sono venute o rimaste altre niente affatto buone, come ad esempio un po' di miseria da Buenos-Ayres, voglio dire appaltatori che ingrassano cambiando mestiere, professori di filosofia che muoiono di fame sulle gradinate delle chiese, ecc. ecc.

Del resto, lì sotto, c'è il Papa, il quale fa i vescovi, i cardinali e le encicliche, senza che nessuno gli dica ai né bai; ci sono i preti e i frati di ogni colore, che possono passeggiare per le vie e fumare la loro sigaretta ai balconi, senza che nessuno li fischi...

E d'altra parte il Re d'Italia, proprio quello aspettato da Dante, spesso e grosso, e vestito da generale ricottiano, con i suoi due figli, provati e tutti e due nelle patrie battaglie, raduna tranquillamente a Monte Citorio i comizi, e non i comizi centuriati, curiati o calati del popolo romano, ma i comizi universali di tutto il popolo italiano. E nella regione degli echi romani alla eloquenza di Cicerone andò ad accompagnarsi la voce del conte Zampa, il deputato del mio collegio, che ho portato io, e che da giovinetto ha cantato un magnifico Tantum ergo sull'organo della parrocchia di Monticello.

Ed insieme con il Papa e con il Re può venire trionfalmente e rimanere riposatamente a Roma un'immagine del colore di fiamma viva - garibaldino - la Rivoluzione, intendo la rivoluzione logica, quella che piaceva anche a Cesare Balbo, il quale diceva: - non serve deplorar sempre i fatti deplorabili; bisogna mutarli, ove sia possibile - la Rivoluzione che rivolgerà l'agro romano pestifero ed ozioso in un terreno sano e laborioso, cangierà parecchie locande in opifizi, e la consuetudine di vivere passivamente affittando camere mobiliate ai forestieri, nella consuetudine di vivere attivamente producendo qualche cosa, siano volumi della Biblioteca utile, o bottoni da camicia.

Che strano migliaccio la Roma presente!
Il terreno romano, così ferace e così dialettico, non può mentire alle nuove e alle vecchie sementi buone. ributtando le cattive.
Ed io, allucinato da questi pensieri e memorie e speranze, mi sentii abbagliato negli occhi; non vidi più i fumaioli, le fronti, i buchi delle case, delle torri e delle cupole: vidi davanti a me una massa di metallo corintio, che si muoveva, tremolava, balenava, vicina a liquefarsi; e vidi sorgere da essa la statua della nuova Roma, bella come la più bella signora che venga alla domenica in carrozza alla passeggiata del Pincio, alta come la gigantessa sognata e desiderata da Carlo Baudelaire, veneranda come una Vetruria, come una Madonna...
E a quella immagine della nuova Magna parens mi sembrava proprio di toccare i capelli fulgidi, e di dare sulla fronte immensa un immenso bacio di venerazione.

Mi sentivo commosso.
Cacciai di nuovo nei capelli le dita delle due mani.

Sentivo una musica sottile, trasparente, ineffabile come quella delle leggi degli astri.

Mi voltai e vidi un bersagliere con le mani sotto la mantellina, con il cappello sulle ventiquattro, intento a guardare il busto di un musico illustre.

Dalla tesa del cappello gli discendeva sulle spalle un pennacchio nuovo, folto, morbido, lustro, cambiante e ricco di arcobaleni bruni. Fra quelle piume di cappone scherzava uno zefiro caldo, che ricamava, filava e trillava dei ricciolini e delle movenze.

Era da quel pennacchio che veniva a me la musica astronomica, veniva un soffio di poesia nuova e colma.

Mi trovai sulla rivolta del soprabito una lacrima.

Signore e signori! Posso piangere io, ora che a De Amicis glielo ha proibito la critica.

ATTRAVERSO LA TOSCANA - RITORNO A MONTICELLO

Partii da Roma di buon mattino per la strada ferrata di Civitavecchia. E dal finestrino del convoglio dissi alla campagna romana, come la botta all'erpice: - Senza ritorno -.

La campagna romana è un mare di terra gonfia; e quei rigonfi paiono di cosa putrida. Non c'è una consolazione di piante.

Un artista potrà consolarsi in quelle curve malinconiche e desolate. Io sindaco campagnolo, no, corpo delle teste dei miei cavoli!

La campagna romana è intersecata da steccati, in cui pascolano, meriggiano e pernottano mandre di cavalli vellosi e di pecore sudicie, quasi sempre a ciel sereno e scoperto.

Qua e là si vedono dei paletti ritti, con stracci nella spaccatura della loro sommità: sono segnali da capre e pecore.

Come si appressa il convoglio, gli uccelli fuggono a stormo, i cavalli e le pecore scappano, trotterellano, mostrando ai viaggiatori le loro parti meno nobili.

Adesso che scrivo, ho ancora quel trotto di bestie fuggiasche nella testa.

I bufali di rado scappano. Anche le capre fissano e orecchiano stupidamente.

I bufali si impuntano in una posa selvaggia e artistica piena di sospetto. Temono che il convoglio sia una cosa inventata a loro detrimento, e si apparecchiano a salutarlo con una cornata.

Mi piacerebbe entrare nelle teste di quei bufali; ché entrerei nella testa di molta gente, che inimica e sospetta la civiltà.

Deo gratias! Cominciai a vedere qualche bue a lavorare la terra.

I buoi romaneschi hanno la cornatura lunga dei bufali, i cui rami si slanciano nell'aria e formano una forca, una lira, un seggio da ciarlatano.

Vidi scintillare il mare, come vi gettassero dei grani di luce. Le onde che si avanzavano spumeggiando verso il lido parevano pecore lanose, la cui lana non fosse stata tosata, né tinta da Giacobbe.

Un'Inglesina, mia compagna di vettura, abbassò la cortina del finestrino, per non essere disturbata dalle vedute del di fuori nella lettura della sua Guida.

Un'altra mia compagna di vettura, una Tedesca, che aveva la cravatta azzurra come il cielo di Roma, egli occhi azzurri come la cravatta, sonnecchiando, appoggiò la sua testa alle spalle di suo marito.

Quell'atto mi fece pensare a mia moglie e mi riaccese il bruciore di ritornare a casa, onde divenni come il destriero del Metastasio, che all'albergo è vicino, - e più veloce si affretta nel corso.

Prima di ritornare a Monticello, avrei però voluto studiare e goder bene la toscanità.

Invece la attraversai a brucia paesi.

Vidi appena di passata le solitudini e le macchie di Maremma, e le quercie annose con tutte le foglie secche dell'annata scorsa, come teste di generali austriaci con tutti i loro capelli bianco-gialli.

Nel primo caffè toscano, dentro cui misi i piedi, sentii un vocio, un sfringuellio tale, che dubito non si senta il somigliante in niuna altra parte di mondo.

Godei quivi ancora un'altra voluttà nuova, quella di leggere fresco fresco della mia venuta da Roma un giornale caldo arroventato delle stizze della città, in cui ero capitato. Quel giornale chiamava l'Europa a testimone degli improperi che esso sfiondava contro un consigliere comunale, di cui l'Europa non aveva nemmanco più sospettata l'esistenza, dopo che lo aveva dato a balia, come dicesi.

Oh, come diventa mai piccola l'orbita, in cui si urticchia la vita di una città di provincia, se la si guarda con gli occhi di un forestiere che viaggi!

Ed a questa stregua mi accorgo che la vita del mio Comune, a cui io do sì grande importanza, sta tutta nell'uovo di un colibrì.

Vidi vendere in quel caffè, da librivendoli ambulanti, dei volumi buoni, come il Giusti e i Promessi sposi, - nello stesso modo che nei caffè piemontesi si vendono le scatole di fiammiferi e i fermagli da cravatta.

Uscito dal caffè mi avvenni in due bambini, che per un centino si pigliarono a scappellotti, e poi piansero tutti e due in buon italiano perché il centino ruzzolato in terra non si lasciava più vedere, o li aveva corbellati tutti e due.

Udii le campane, che in Toscana hanno voci da bargello, voci guelfe e ghibelline.

Vidi l'Arno incassato nei magnifici Lung'Arni punterellati di fanali a perdita d'occhio; e alla sera vidi da una sponda all'altra strascicarsi e curvarsi una filiera di lumi mobili e brontolanti. Era la famosa Compagnia della Misericordia.

- Ah! sono una grande bella cosa questi Lung'Arni! - esclamò il mio segretario comunale. E poi soggiunse: - Dovrebbero farne da per tutto. A Torino, dove non si sbaglia poi sempre ogni cosa, hanno già cominciato a fare i Lung'Arni di Po. Adesso toccherebbe a Roma di spicciarsi e dare una buona botta ai suoi Lung'Arni del Tevere -.

In Toscana non trovai più gli arcobaleni e le curve grandiose della romanità classica, ma finezze attiche, impiallicciature da tavolini per gioielli, cattedrali, cimiteri e battisteri, che paiono immense scatole di confetti.

Nei camposanti illustri rinvenni mescolati insieme grandi uomini e minchioni e virtuose cantarine; e in quello di Pisa, dove c'è il lusso della Terra santa portata proprio di Palestina su cinquantatre navi, io stetti buona pezza, con il sangue pieno e battente nelle tempie, dinanzi alle famose catene tolte dai Genovesi ai Pisani e restituite nel 1860, quando tutti gli Italiani di buona volontà si dissero l'un l'altro il Pax tecum!

Mi ricordo che allora io era studente di rettorica, e che il professore ci diede nell'esame dei posti mensuali per compito di composizione italiana il tema: Scrivere il discorso che farà il sindaco di Genova nel restituire al gonfaloniere di Pisa le catene, ecc.

Io mi trovai allora in buona vena, e guadagnai il primo posto. Chi può immaginare la rettorica rettoricissima, che io ho allora sturato? Il mio discorso per il sindaco di Genova doveva cominciare così: Messere, la Discordia pazza stracca di gavazzare negli italici petti si è quetata alfine, viva Iddio! E valga il vero, ecc. ecc.

Un'altra del segretario comunale. Egli trovò che le statue di Michelangelo non finite ad unguem dalla impazienza del suo genio, avevano visi di gufo ed erano bucherellate dal vaiuolo.

A me sopra ogni altra cosa bella andarono a sangue il Perseo del Cellini e il piedistallo, su cui è posato, che formano tutti e due insieme una sola lagrima di venustà. Il Perseo non si accorge nemmanco del bastone, che gli brandisce incontro quel maccherone di un gigante scolpito dal nemico del Cellini, Baccio Bandinelli.

E sopra il Perseo mi scesero nell'anima le Madonne di maiolica di Luca della Robbia, e le Madonne e gli angeli del beato Fra Angelico da Fiesole.

Quelle Madonne non sono nemmanco donne; sono bambine che si tengono sulle ginocchia un Gesù lattante per custodia delegata loro dalla mamma, per cortesia sorellevole e con serietà anticipata di vezzi materni. Eppure su quei volti c'è una trasfigurazione di Santa Infanzia che mi fece andare fuori del secolo.

Quegli angeli sono esili, rinfinocchiti, hanno il petto schiacciato, e soffiano dentro tube lunghe, lunghe, come quelle dei musicanti nella marcia dell'Aida. Ma hanno una testa condita di un amore, di una innocenza, che sono benedizioni oltre umane. Poi quelle teste campeggiano dentro un nimbo, ossia un napoleone d'oro ardente; cosicché si direbbe che quegli angeli si muovano, nuotino nella luce del sole, come gli spiriti del Paradiso di Dante.

Dopo tante buffonerie, passatempi un'immagine malinconica, ed usatemi la cortesia di considerarmela come malinconica.

Vicini a morire, con una gamba più di là, che di qua, se in quel passaggio da una vita a un'altra, ci verranno delle figure, delle apparizioni a consolarci, a darci di mano, quelle apparizioni avranno le sembianze degli angeli del beato Angelico da Fiesole.

Da Firenze a Monticello fu una sola nottata in vapore, con dolori di schiena, e con uno spuntino da addormentato alla stazione di Bologna, e con chiamate di altre città fra le lineole del sonno.

Sotto i dolori della spina dorsale, io sentiva un rumore come di badili, che dessero delle piattonate sopra strati di ghiaia - o di soldi di rame, che si insaccassero.

Giunto al villaggio da me amministrato, i miei occhi assuefatti alla levigatezza e alla morbidezza della forma romana, trovarono le figure compaesane più angolose di quello che mi sarei mai immaginato. Più angolosa di tutte, la moglie del mio segretario comunale, che somiglia al zig-zag di una saetta del cielo, ed in grazia dei suoi angoli riesce così sentimentale, sa commuoversi e piangere a una recita di burattini. Meno angolosa di tutte, lo dico senza vantarmi, mia moglie.

Adesso vi racconterò la ragione, per cui il signor prevosto di Monticello mi aveva chiamato premurosamente all'ovile, come pecora principale.

Si trattava di un piato civile e religioso, più fiero di quello nato dal catechismo di monsignor Magnasco, che ha scombussolata mezza Genova.

Comincerò la narrazione ab ovo contro le regole dell'Arte Poetica, segnate da Orazio poeta Flacco.

XV

EPISODIO FINALE

I parroci della Vicaria foranea, cui appartiene Monticello, si radunano ogni tanto a fare delle conferenze teologiche sopra casi designati dal calendario della diocesi.

E le conferenze hanno luogo per turno, un po' dall'uno e un po' dall'altro parroco.

Il prevosto, presso cui si raduna la conferenza, è dispensato dalla discussione teologica, dovendo sopraintendere alla cottura del timballo e alla schiacciatura delle mandorle per il pranzo, che è obbligato ad ammannire ai suoi reverendi colleghi.

Or bene, l'ultima conferenza si doveva fare dal prevosto di Monticello, il quale gode nella Vicaria una fama di eccellenza nel saper rosolare un pollo al fiore di latte, facendolo venir color d'oro, e attorniandolo di fagiuoli dell'aquila, cotti nel burro, e fatti venire parimenti del colore d'oro.

I casi, su cui dovevano conferire i reverendi pastori della Vicaria, erano tre:

1° Se sia peccato che una fanciulla accetti una castagna da un giovinotto, e gli metta le mani nelle tasche della giubba per pigliargliela;

2° Se si debba credere che lo Spirito Santo, raffigurato in una colomba, abbia un becco reale, ovvero simbolico;

3° Se un prete, che di buon mattino, prima di dir messa, abbia fiutata una presa di tabacco, o fumato un sigaro, o colta per distrazione una fragola nel giardino e mangiatala, possa ancora celebrare.

Benché si fosse nel cuore dell'inverno (anche l'inverno ha un cuore, a differenza di certi freddi banchieri d'usura), il prevosto di Monticello si era messo in maniche di camicia per ordinare un pranzo in modis et formis.

Egli voleva superare se stesso nel colorire d'oro il pollo arrosto e i fagiuoli dell'aquila imburrati.

Marcellina anch'essa, la cuoca, voleva coprirsi di gloria con un budino di molti colori, che raffigurassero da una parte un mazzo di fiori e dall'altro il cane di San Rocco - tutti i colori naturali e sani, di cui nessuno potesse far venire male di pancia. E già essa pregustava nella fantasia una chiamata al proscenio da quei reverendi signori preti, che portano tutti la mozzetta violacea in processione; i quali avrebbero battuto le mani, dicendole: - Brava, signora Marcellina! Vi siete fatto un onore immortale -. Ed ella con i pugni sui galloni li avrebbe ringraziati, facendo loro un inchino da autore drammatico.

Ad Orsolina, la bella nipote del prevosto, si era riserbata una parte modesta, ma mignola (mignonne): la cottura dello zabaione.

Oh povera Marcellina! povera Orsolina! povero prevosto!

Quel giorno si è messo a nevicare nella valle in modo deforme.

Fioccò molto più della gamba, che il padre dello studente di Torino scrisse al figliuolo.

E poi sopra la neve esalò, uscì una nebbia grassa, fitta, che pareva un fumo di torba.

Entrava da per tutto: riempiva tutto, non lasciava vedere più nulla alla distanza di un palmo da un naso discreto.

Se ci fosse stato allora a Monticello il senatore Ferraris, son sicuro che chi avesse visto il principio della sua proboscide, non avrebbe potuto scorgerne la fine.

Si racconta che quel giorno un cane vecchio del paese, il cane del droghiere, smarrì la strada, e non seppe trovarsi a casa all'ora del pranzo, e si fermò per isbaglio al macello. Appena fu, se ritornò al domicilio nell'ora della cena, dopo che si era dileguata la nebbia.

Sembrava che le piante alte ululassero nella nebbia, come immaginò un poeta, che mi venne mostrato un giorno, mentre egli sedeva con la toga nera, con la barba nera, con il naso bianco e con gli occhi da aquila al tribunale della Consolata di Torino.

Per cagione di quel tempaccio i parroci circonvicini non poterono muoversi per venire alla conferenza di Monticello, al budino di Marcellina e allo zabaione di Orsolina.

Alle undici e mezzo antimeridiane il povero mio prevosto sbadigliava contro alla nebbia sull'uscio della Curia, su cui sta scritto: Ostium non hostium, latinetto che i parrocchiani traducono così: Oste non oste, cioè oste che dà dei buoni pranzi senza annacquare il vino e senza presentare il conto.

Marcellina, asciugandosi con l'avambraccio la fronte sudata per i vapori della casseruola, borbottava di tanto in tanto in cucina: - Ah! sarebbe un po' bella, sarebbe proprio grigia, che non venisse nessuno..., dopo aver apparecchiato tanta grazia di Dio! -

E non veniva proprio nessuno.

Marcellina e il prevosto erano così mortificati che passeggiavano silenziosi per loro conto, e non avevano più nemmeno il coraggio di sbadigliare e di borbottare.

Orsolina in silenzio imbandiva la tavola di quattordici coperti.

Finalmente, alle undici e tre quarti, si sentì uno scarpiccìo sotto l'atrio del presbiterio.

Il prevosto si affacciò sull'uscio della sala da pranzo, e Marcellina si affacciò su quello della cucina. Ad ambidue si era aperto il cuore per la speranza.

Essi videro in mezzo alla nebbia nuotare qualche cosa di grosso e di nero, una balena. Pareva un gruppo di quattro o cinque preti, per lo meno di tre preti. Ed invece era un prete solo, un pachiderma con il tricorno, Don Massimo Ganassone, il priore di Micottino.

Egli andò subito a salutare la cuoca, toccandole la mano e dandole del lei, perché è massima di Don Massimo, che per pranzare bene da un prevosto bisogna prima del pranzo riverire la signora cuoca.

Suonò il mezzogiorno con uno scampanìo lacrimevole, che pareva piangesse il pranzo derelitto.

Dopo Don Massimo, non erano sopravvenuti altri convitati; onde il prevosto di Monticello dovette mettersi a tavola con il solo collega di Micottino. Questi gode una riputazione meritata di essere il prevosto di più grosso pasto in tutta l'arcidiocesi. È capace di mangiare e di bere per tre o quattro. Si racconta di lui, che un giorno, prima di un pranzo che si ritardava, aspettandosi ancora qualcheduno, egli nel passeggiare lungo la tavola, così per distrazione, si leccò ventiquattro fette di salame crudo.

Si racconta eziandio di lui quest'altro fatto storico-bucolico. Trovavasi in un martedì di mercato a tavola da pasto all'albergo della Botte d'Oro, in Vercelli. Essendo dieci i commensali, il cameriere servì un piatto di dieci quaglie. Ma un commensale, negoziante di riso, per ghiottoneria, o per inavvertenza, tirò giù due quaglie sul proprio tondo; cosicché Don Ganassone, ultimo a servirsi, si vide giungere innanzi il piatto delle quaglie vuoto, senza un crostino. Che cosa fece egli? Visto un grosso tacchino arrosto, già imbandito, fu lesto a porselo innanzi, dicendo: - Lor signori l'hanno già preso l'uccello; ed io mi piglierò questo -. In effetti si mangiò tutto da sé il tacchino, lasciandone spolpato lo scheletro, che pareva l'armatura di una chiesa parrocchiale.

Quanto al bere, egli a casa sua non mette mai a tavola il vino in bottiglie; ma lo tiene in un secchione, alla destra della sua sedia, e lo tira su e lo poppa a grosse ramaiolate.

Quel giorno Don Massimo mangiò per cinque o per sei; ma non potè sbarazzare un pranzo preparato secondo l'usanza dei villaggi nominalmente per quattordici, ma realmente per ventotto. (Ah! fossero così i valori nominali della Borsa!)

Oltre a ciò Marcellina, benché ossequiata strategicamente da Don Massimo, non volle portare in tavola il budino soltanto per quell'orcio.

E Orsolina, la nipote, disse che il suo zabaione non era fatto per quella bocca da lionfante.

Per questi motivi il povero prevosto di Monticello restò con quattro quinti del pranzo non esitati.

Don Massimo non potè seguitare la sua opera di distruzione, avendo promesso quella sera stessa il suo intervento a una cena del maiale; imperocché (soffrano i benigni questa nota di erudizione necessaria) nei nostri paesi si celebrano con una festa in famiglia l'uccisione e la preparazione dell'animale per antonomasia.

Verso sera poi giunse alla canonica di Monticello un espresso del vicario foraneo, che con suo monito rimandava la conferenza o il pranzo dei casi al secondo martedì dopo Pasqua.

- Che cosa ne facciamo adesso di tutta questa roba? - disse il prevosto alla sua Marcellina, con le braccia al sen conserte, e picchiando del mento sulla bocca del petto.

- Che cosa ne facciamo di tutta questa roba? - rispose Marcellina con le mani dietro la schiena, e guardando verso i travicelli del soffitto.

(Il prevosto) - Mah! (con un sospiro schiacciato).

(Marcellina) - Mah! (con un sospiro sbuffato).

- Per me, domani invito a pranzo tutti i cantori della parrocchia...

- Misericordia! Lasciar andare il mio budino in bocca a quei canarini da ghiande!...

- Eppure, piuttosto che vederlo andare in malora...

- Piuttosto che vederlo andare in malora...

Marcellina si rassegnò, e l'indomani i cantori della parrocchia furono tutti regolarmente invitati alla tavola del signor prevosto.

Vennero tutti con la testa umida, inchinandosi e fregandosi le mani con unzione ecclesiastica.

Messisi a tavola, fecero repulisti di quanto comparve loro dinanzi. E del pranzo si può dire, come di Napoleone il Grande: "Ei fu!".

Sopra gli altri si segnalò Andrea Tirella, il quale, dopo essersi servito due volte di agnellotti, capovolse la zuppiera, e se la vuotò nel suo tondo, dicendo che voleva leggere il nome del fabbricante di quella maiolica.

Uscirono i cantori dalla canonica a corpo pinzo e barcollando allegrociter per il vino bevuto.

Giunti in piazza, un frizzo di vento freddo mise di cattivo umore Andrea Tirella, quegli che aveva mangiato e alzato il gomito più degli altri. Il quale, voltosi ai compagni, disse loro:

- Miei cari amici, vi siete accorti della brutta figura che ci ha fatto il prevosto?

- Quale?

- Ci ha tenuti per stoppabuchi; ci ha invitati a mangiar ciò che aveva già preparato per i signori parroci, i quali dovevano venire alla circonferenza del caso... E noi abbiamo mangiati i rimasugli di Don Ganassone...

- È vero - disse uno degli astanti.

- È vero - risposero gli altri.

- Non vi siete accorti - riprese il Tirella - che il pollo arrostito, il famoso pollo arrostito del colore dell'oro, era bruciato come il caffè; perché sarà stato messo al fuoco chi sa quante volte?

- Hai ragione.

- Altro che ragione! - ripigliò il Tirella. - Quel pollo credo persino avesse due teste.

- E noi minchioni...

- Più che minchioni... perché ci lasciammo minchionare da una donna. Sicuro! quella smorfiosa della Marcellina ha pigliato due polli manomessi, ed ha voluto, ha osato farne uno solo intiero, e darcelo a intendere a noi... a noi... che sosteniamo per tutto il santo anno la messa grande, il vespero e la benedizione al suo signor prevosto...

- È una cosa che non va...

- È una birboneria, è una infamità, dico io, - ringhiò il Tirella. - E il formaggio? Voi non ve ne siete nemmanco addati. Ma io ho alzato il pezzo, ed ho visto che di sotto era già stato grattugiato -.

I cantori inorridirono tutti, e si separarono di pessimo umore, dirigendosi ciascun verso casa sua. Quivi cominciarono a porgere le loro lagnanze ciascuno alla propria moglie contro i cattivi trattamenti del parroco.

FINISCE L'EPISODIO FINALE

Alla sera, senza dirselo l'uno all'altro, i cantori della parrocchia si trovarono tutti all'osteria della Volpe, dove l'oste e il droghiere li ricevevano man mano, risacchiando.

- Bravi merli! Avete fatto San Giovanni di rilievo. Avete goduto gli avanzi di Troia lasciati da Don Ganassone...

- È vero - rispondevano mortificati i cantori; e davano dei picchi dispettosi sulla tavola e facevano passa-re sulla loro fronte delle nuvole da congiurati.

Quindi si sentirono su per giù i seguenti discorsi:

- Il signor prevosto ha fatto un'azione indegna. Noi siamo bocche consacrate quanto lui... e più di lui...

- Dobbiamo fargliela vedere.

- Fossi così pentito dei miei peccati, come io sono pentito di aver accettato quel pranzo!

- Ma non anderà a Roma a pentirsi.

- Facciamolo mettere sulla Sciarpa Rossa.

- È già qualche cosa; ma non basta ancora.

- Certo, che non basta ancora. Perché ce ne ha già fatte troppe, e seguita a farcene. Non la finisce mai con le sue funzioni; adesso ha messo ad ogni Oremus quella coda: sia benedetto il nome, sia benedetto sul suo santissimo altare, sia benedetto invano, sia benedetto qua, sia benedetto là. In causa di quel benedetto, mi ha fatto mangiare parecchie volte la minestra fredda. E poi ci fa pagare troppo cara la cera nelle sepolture, cara come il fuoco; e non vuole nemmeno che la teniamo accesa, quando s'entra in chiesa. Quest'anno ha voluto persino cambiare la pastorale nella messa di mezzanotte. Perché lui è andato a Torino, ed ha sentito una pastorale nuova da qualche musicante-bicchierino, egli ha voluto comperarla, l'ha portata giù e l'ha data all'organista, affinché la suonasse nella notte di Natale. Dio mio! Che ciflis! Che pasticcio! Niuno ne ha capito niente. Ah! i pastori non suonano una musica così difficile.

- E poi vuole fare alto e basso nella amministrazione della confraternita.

- Tocca a noi mettervi ripiego. Dobbiamo noi impedirgli di fare alto e basso. Dobbiamo noi farlo camminare in riga. Dobbiamo noi fare i nostri statuti per la confraternita, e mettere per primo articolo: "Il parroco, quale membro nato, sarà escluso per sempre dalla amministrazione della confraternita...".

- Manderemo l'articolo all'arcivescovo, perché lo approvi.

- E la sottoscrizione per il nuovo quadro del Sacro Cuore di Gesù?

- Oh quella lì fu una mangeria del vescovo.

- Taci lì tu; che sono tutti squattrinamondi alla stessa maniera.

- La più bella, secondo me, sarebbe che non andassimo più a cantare in coro. Imparerebbe cosi a darci i pranzi di rifiuto.

- Per me, non ci vado più.

- Per noi, non ci andiamo più.

- Firmiamoci tutti; mettiamoci tutti sulla carta bollata che non ci anderemo più.

- No! basterà la carta semplice -.

E firmarono tutti, sopra una carta da impannata, l'obbligazione di non andare più a cantare in coro.

Poi: - Stefano! Un doppio litro! –

Quindi: - Un altro doppio litro! -

Bevettero tutti come lanzi, e fecero bere anche alla scritta di non cantar più, bollandola con gli orli di un bicchiere intrisi nel vino.

Il giorno dopo si doveva incominciare la devozione delle Quarant'ore.
Il parroco si vestiva già per la funzione, quando il sacrestano corse ad avvertirlo che il coro era ancora vuoto.
- Andateli a chiamare, che si affrettino quei lumaconi -.
Il sacrista partì; e poscia ritornò, dicendo che i cantori erano tutti, fermi in co' della chiesa, al posto degli studenti e dei birichini, e che non volevano muoversi di lì.
Il parroco, grattandosi la testa, e allacciandosi stizzosamente il piviale:
- Pazienza! pazienza! Allora, Tonio, intuona tu l'antifona.
- Ma io non sono buono... ho paura...
- Intuona tu, ti ripeto... del resto...
- Non sono capace, non posso...
- Ti do uno... -
Al sacrestano fu un giocoforza piegare la collottola, e intuonare l'antifona.

Avvoltolò la lingua, richiamò nel gorgozzule tutto lo spirito che aveva in corpo, ed emise una voce.
A quella voce, dal Sancta Sanctorum fino ai piedi dell'organo si diffuse per tutta la chiesa un serpeggia-mento elettrico.
- Che voce di pecora!
- È una voce che andrebbe bene a fare la fonduta. Andrebbe anche bene ad ungere le ruote di una carrettella -.
Le ragazze si coprivano la bocca con le mani per ridere fra le dita, senza scandolo.
Al fondo della chiesa i cantori sul piano aventino del loro sciopero non si potevano tenere dal canticchia-re a bassa voce, tanto per mostrare ai vicini come si doveva cantare.
Insomma il sacrista non ebbe nemmeno un successo di stima; ebbe il peggiore successo di questo mondo per le persone serie come lui: il successo d'ilarità.
I ragazzi, uscendo dalla chiesa, parodiavano la voce del sacrestano con certi versacci, che mettevano in solluchero tutto il gregge dei fedeli.

Nel giorno seguente il parroco tentò migliore sorte con il sostituire il suo massaio al sacrestano nell'intonazione dell'antifona.
Il massaio fece una lunga prova tutto il giorno; studiò, ripassò le note rosse del messale, che paiono stille d'inchiostro vecchio irruginite, e le note nere, che sembrano prese di tabacco. Il prevosto ne sperava moltissimo; ma alla funzione, anch'egli, il nuovo cantore, fece fiasco, un fiasco seriissimo.
Si assicura che dal coro dei ritirati sia partito contro un saeculorum del massaio nientemeno che la voce: - Brigante! -
La Sciarpa Rossa narrò questo incidente, cominciando l'articolo con queste parole: "Finalmente il prevosto di Monticello, quella schiena di gesuita, quella pelle di reazionario, che ai nostri lettori abbiamo già fatto conoscere INTUS ET IN CUTE, fu svergognato, come ben meritavasi dai suoi stessi più fidi satelliti".
Fu allora che il povero prevosto mi pregò premurosamente per lettera, acciocché volessi ritornare nel villaggio a sedare quell'ammutinamento dei cantori della parrocchia.

Dopo una breve conferenza avuta con il parroco, io avvisai subito al modo di comporre quella differenza civile religiosa.

Diedi un pranzo, a cui invitai il parroco, i cantori della parrocchia, il segretario e i consiglieri comunali, un pranzo originale, non riprodotto, un pranzo con i polli che avevano due gambe e una testa solo per cadauno, e con un bel pezzo di formaggio lodigiano che non aveva ancora conosciuta la grattugia.

Tutti i commensali mangiarono e bevettero di buon accordo, come se niuna ruggine fosse mai stata fra loro.

Prima della frutta io feci distribuire ai commensali, come ricordo di Roma, una piccola litografia colorita, rappresentante Vittorio Emanuele a braccetto con Pio IX.

Poi, dopo il Caluso, mi levai in piedi, e pronunziai il seguente discorso commovente, che posso paragonare, senza peccare contro la modestia, a quello fatto da Dino Compagni al battistero di San Giovanni - ora che la cronaca di Dino Compagni va perdendo il suo credito:

- Faccio un brindisi - io dissi in italiano piemontese - al signor Eusebio Capanna, assessore anziano, qui presente, perché, durante la mia assenza, tenne stupendamente bene le redini del paese, ed anche perché egli è proprietario del Caffè dell'Unione. Quindi io, bevendo alla sua salute, credo di bere alla unione di noi tutti, all'unione che ha sempre fatto la forza.

Io sono ritornato da Roma, dove il generale Garibaldi fu a trovare il Re Vittorio Emanuele, e dove il ministro Minghetti andò a far visita al generale Garibaldi...

Se fanno pace quelli lì, che sono pezzi grossi, domando io se non è una minchioneria che litighiamo noi, che siamo quattro gatti in un castelletto di quattro case.

Via, lasciamo andare i puntigli, che sono la rovina degli individui e delle popolazioni. I puntigli sono una corda lunga lunga, che mena alla perdizione chi non lascia andare.

Spero che mi avrete tutti inteso...

- Sì! sì! - mi risposero tutti.

- Allora per darmi a vedere proprio che ognuno mi ha inteso, prego i signori cantori del coro qui presenti a intuonare su questa tavola il Magnificat, con la loro bella voce, che mi sembra tanto tempo di non avere più sentita.

- Sindaco! sindaco! questa è una profanazione - saltò a dire il prevosto.

- Non è una profanazione, - ribattei io -, perché il salmo dice: Servite Domino in laetitia; ed il Signore è in cielo, in terra e in ogni luogo, e per conseguenza anche alla nostra tavola -.

Non c'è niun amo che possa tirare un cantante, massimo se ha cattiva voce, quanto il lasciarlo cantare.

Con questo mezzo, sia pure egli avaro come la pietra pomice o pieno di lasciatemi stare, ottenete da lui i maggiori sacrifizi di questa valle di lagrime: anche dieci lire in prestito, o che egli vi ascolti tutto d'un fiato la lettura di una vostra commedia di cinque atti in prosa.

Quindi i cantori della parrocchia non intesero a sordo il mio invito; si levarono tutti, scostando le sedie, e raggianti il viso di buone intenzioni. Fecero una bocca rotonda e melliflua, come il bocchino di un vaso da confettiere; e alla battuta di Andrea Tirella, intuonarono: Magnificat anima me Dominum.

La serva, che veniva portando il caffè, si arrestò colpita di meraviglia, con il sottocoppe in mano, sull'uscio della cucina, davanti a quel Magni-i-ficat, che rimbombava o si allargava a circoli sonori e concentrici sotto la volta del mio salotto da pranzo.
Geromino Sindaco di Monticello

(FINIS)